KB072845

전능의 팔찌

THE. OMNIPOTENT
BRACELET

김현석 현대 판타지 소설
FUSION FANTASTIC STORY

전능의 팔찌 45

김현석 현대 판타지 소설

초판 1쇄 찍은 날 § 2015년 2월 11일
초판 1쇄 펴낸 날 § 2015년 2월 17일

지은이 § 김현석
펴낸이 § 서경석

편집부장 § 권태완
편집책임 § 박은정

펴낸곳 § 도서출판 청어람
등록번호 § 제387-1999-000006호
등록일자 § 1999. 5. 31
어람번호 § 제1-2053호

주소 § 경기도 부천시 원미구 부일로 483번길 40 서경B/D 3F (우) 420-822
전화 § 032-656-4452 팩스 § 032-656-4453
http://www.chungeoram.com
E-mail § E-mail § chungeorambook@daum.net

ISBN 979-11-04-90114-0 04810
ISBN 978-89-251-2596-1 (세트)

전능의 팔찌

THE OMNIPOTENT BRACELET

45

FUSION FANTASTIC STORY

김현석 현대 판타지 소설

청어람

CONTENTS

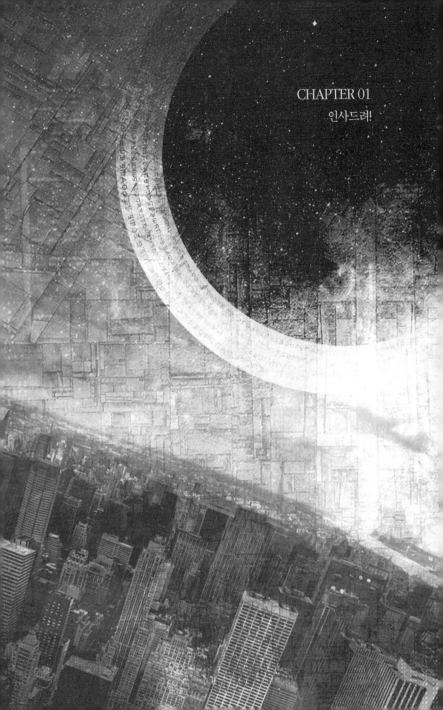

CHAPTER 01
인사드려!

"아! 오랜만입니다, 사모님!"

현수와 먼저 시선이 마주친 엘리자베스 아폰테는 아주 환한 미소를 짓고 있다. 병마의 고통으로부터 완벽하게 해방시켜 준 장본인이니 어찌 반갑지 않겠는가!

"그래요, 미스터 킴. 오랜만이에요. 출장 갔던 일은 잘되었다면서요?"

"하하, 네. 여러분이 염려해 주신 덕분에 좋은 결과를 얻었답니다. 감사합니다."

현수가 짐짓 너스레를 떨자 엘리자베스가 환히 웃는다. 이

때 곁에 있던 아폰테 사장이 한마디 거든다.

"허허, 어서 오게."

"네, 사장님. 어디 불편하신 데는 없으시죠?"

"······!"

아폰테 사장은 고개를 끄덕이며 한번 안아보자는 몸짓을 한다. 현수는 두 팔을 벌려 깊이 포옹했다.

보면 반가운 얼굴이니 기꺼운 마음이다.

포옹을 풀자 매부리코 세바스티앙이 웃으며 다가선다.

"나도 있네."

"하하, 네, 세바스티앙 부회장님. 잘 계셨죠?"

"그려! 참, 자네 덕에 소원 풀었어."

"네? 그게 무슨······?"

"다이안의 서연이 내 앞에서 노래를 부르는데… 아주 지릴 뻔했네. 하하하!"

세바스티앙은 아주 환히 웃는다. 서연의 가장 열렬한 삼촌 팬 중 하나이니 보는 것만으로도 행복했을 것이다.

이번 결혼식 축가는 5인조 아이돌 걸그룹으로 시작해서 단숨에 전설의 반열에 오른 다이안이 총출동했다.

리더 서연을 비롯하여 예린, 정민, 연진, 세란이다.

각각의 본명은 이서연, 김예린, 이정민, 신연진, 홍세란이다. 어느 걸그룹처럼 그럴듯한 이름으로 바꾼 게 아니라 모두

본명을 예명으로 쓴 케이스이다.

이들이 부른 첫 곡은 첫 만남이다. 결혼식을 올리는 두 쌍의 신랑 신부에게 처음 만났을 때의 설렘을 노래로 표현해 주었다.

두 번째 곡은 공전의 히트곡 '지현에게' 이다.

이 곡은 특별히 두 번 불렀는데 가사 중 '지현'을 '인경'이라 바꿔 불러줬고, 베아트리체를 바라볼 땐 '베시'라는 애칭으로 개사해서 노래해 주었다.

강전호와 한창호는 멍한 시선으로 이들을 바라보았다.

수없이 많은 카메라의 마사지를 받아 다들 선녀처럼 예뻐진 때문일 것이다. 그러다 신랑 모두 신부의 날카로운 손톱에 옆구리를 꼬집히는 불상사를 당했다.

당연히 화들짝 놀라 신부를 바라보았고, 삐친 신부들을 달래느라 진땀을 뺐다. 덕분에 하객들 전부 깔깔대고 웃는 유쾌한 결혼식이 되었다.

축가가 불리기 전에 신랑들은 신 나는 프러포즈를 했다. 배경음악은 현수가 작사 · 작곡한 다이안의 다음 곡이다.

유튜브 동영상을 보면 유쾌한 프러포즈할 때 브루노 마스(Bruno Mars)의 Marry you가 많이 사용된다.

현수는 아르센 대륙의 곡 중 비교적 템포가 빠른 곡을 골라 더 빠르고 경쾌하게 편곡했다.

나는 너를 보고 한눈에 반했어
그니까 제발 너랑 결혼할 수 있게 해줘
너, 나랑 결혼 안 하면 손해인 거 알아?
나, 알고 보면 상당히 괜찮은 남자야
그러니까 내가 손 내밀 때 얼른 잡아
같이 살면서 행복하게 해줄게
너랑 결혼하고 싶어. 어서 승낙해

가사는 지극히 담백하지만 멋진 후렴구와 반복된 멜로디가 귀에 쏙쏙 들어오는 경쾌한 곡이다.

신랑들은 쑥스러움을 참고 멋진 율동으로 신부들을 감동시켰다.

결혼식이 끝난 후 성대한 피로연이 베풀어졌다. 음식 맛이 좋아 하객으로 참석한 사람들 모두 칭찬 일색이었다.

흥겨운 시간이 지난 후 사람들은 양평 저택의 산책로를 돌며 구경했다. 잘 가꿔진 조경, 싱싱한 수목들은 사람들의 눈길을 끌기에 충분하고도 남았다.

경기도엔 이름난 수목원이 많다. 가평엔 아침고요 수목원이 있고, 시흥엔 용도 수목원이 있다.

포천엔 수목원 프로방스가 있고, 양평엔 세미원, 남양주엔

산들소리 수목원, 춘천엔 제이드가든 수목원 등이 있다.

이 중 아침고요 수목원은 약 10만 평이다.

양평 저택은 약 22만 평이나 된다.

대부분이 자연 그대로이지만 사람들의 눈길이 미치는 곳은 사람의 손길이 닿아 있다.

사람들은 솜씨 좋은 정원사들 덕분에 눈이 호강한다 생각했다. 그런데 이는 사실이 아니다.

저택 인근은 숲의 요정 아리아니의 가호와 대지의 여신인 가이아의 신성력이 아낌없이 베풀어져 있다.

뿐만 아니라 저택에 설치된 마나 집적진으로 인해 다른 어느 곳보다도 마나의 농도가 짙다.

그렇기에 모든 식물이 아주 싱싱하다. 하여 멋진 한국식 정원과 서양식 정원이 조성되어 있다.

"어머! 세상에! 여보, 저기 좀 봐요. 너무 아름답지 않아요? 우리 여기서 사진 찍어요. 네? 어서요."

엘리자베스가 아폰테 사장과 함께 거닐며 가장 많이 한 말이다. 이날 찍은 사진만 수백 장을 넘을 정도로 가는 곳마다 너무도 아름다웠다.

폭신한 잔디가 깔린 산책로를 따라 이동하던 사람들은 그리 멀지 않은 곳에서 풀을 뜯고 있는 사슴들을 발견하곤 걸음을 멈췄다.

늠름한 뿔이 달린 커다란 수사슴 하나와 그보다 약간 작은 암사슴 둘, 그리고 어린 새끼 사슴 네 마리가 한가롭게 풀을 뜯고 있다. 야생은 아니고 보기 좋으라고 사슴농장에서 사다 풀어놓은 녀석들이다.

이 녀석들은 제한된 곳 이외에선 풀을 뜯어 먹을 수 없다. 그리 멀지 않은 곳에 있는 리노와 셀다 때문이다.

현재 풀을 뜯고 있는 곳은 아리아니의 가호를 받아 다른 어느 곳보다도 생장률이 좋은 곳이다. 그러니 굳이 리노와 셀다 때문이 아니라도 다른 곳에 갈 필요가 없을 것이다.

먹이가 부족해지는 겨울엔 사료를 공급할 예정이다.

어쨌든 리노와 셀다는 햇볕을 즐기는 중이다.

이 녀석들의 곁에는 갓 태어난 새끼 네 마리가 재롱을 부리고 있다. 토실토실하면서도 아주 귀여운 녀석들이다.

사람들 눈에는 길들여진 개처럼 보이지만 실제는 야생 늑대이다. 그것도 아주 강하다.

하지만 사슴 가족을 공격하는 일은 결코 없을 것이다. 그리하도록 현수로부터 명을 받은 때문이다. 오히려 다른 숲에서 온 야생동물로부터 사슴 가족을 보호할 것이다.

사람을 공격하는 일도 없다.

물론 현수나 저택을 경호하는 전직 스페츠나츠 단원들로부터 명령이 떨어지면 맹렬히 달려든다.

그리고 아무도 몰래 은밀히 침투하려는 자들은 제외된다. 이빨을 드러내고 으르렁대는 경고를 무시하고 들어서면 그야말로 아작이 난다. 잡아먹히지는 않겠지만 피투성이가 되는 걸 결코 모면할 수 없을 것이다.

며칠 전, 이런 일이 실제로 벌어졌다.

두 명의 사내가 야음을 틈타 은밀히 저택으로 침투하다 리노와 셸다에게 걸렸다.

경고를 받았을 때 물러났으면 괜찮았을 것이나 이를 무시하고 리노와 셸다를 공격했다. 그 결과는 둘 다 200여 바늘을 꿰맨 채 경찰의 조사를 받았다.

조사 결과 둘 다 지나인이며 쉐리엔과 항온의류의 비밀을 훔치려 침투했다고 한다.

이들은 국정원으로 끌려갔다. 국안부에서 파견한 스파이라는 혐의를 받은 것이다. 물론 극구 부인했다.

어쨌든 불법 밀입국을 했으므로 이에 대한 처벌을 받게 됐다. 또한 야간에 사람이 주거하고 관리하는 건물에 두 명 이상이 흉기를 소지한 채 침입했다. 그리고 재물, 또는 사업상 비밀을 강탈하려 했다.

무기, 또는 5년 이상의 형에 처해지는 강도죄로 처벌을 받게 됐다.

리노와 셸다가 없었어도 스페츠나츠 출신 경호원들에게

걸려 작살이 났을 것이다.

이들의 침투를 눈치채고 덮치려는 찰나 리노와 셀다가 먼저 달려들어 아작을 내놓은 것이다.

어찌 되었든 리노와 셀다는 이 저택의 파수꾼이다. 예민한 감각으로 22만 평이 넘는 구역을 책임지고 있다.

사슴들은 구경하는 사람들에게 자유로움과 평화로움을 주기 위한 존재이다.

어쨌거나 결혼식 이후 아폰테 사장 등은 현수를 만나기 위해 빈관에 머물렀다.

"제가 너무 늦게 온 건 아닌지요?"

"늦기는, 그쪽 일정이 그런 건데. 괜찮네. 일이 먼저이니 말일세. 그나저나 잘돼서 정말 다행이야."

현수는 아폰테 사장, 그리고 세바스티앙 부회장과 마주하고 있다. 늘 그렇듯 아주 맛있고 몸에 좋은 쉐리엔 주스를 앞에 두고 있다.

입에 딱 맞는지 벌써 두 번이나 청해서 마셨다.

"여러분이 걱정해 주신 결과지요. 그나저나 제가 뵙자고 한 건 일 때문입니다."

"일? 무슨 일?"

"아제르바이잔에서는 가스와 원유를, 에티오피아에선 원유를 실어올 겁니다. 상당 기간 동안이요. 그리고 브라질에선 주석, 구리, 망간, 크롬, 중정석, 석영, 수정 등을 가져올 거구요."

"흐음! 그래서?"

아폰테 사장은 뒷말이 뭔지 짐작된다는 표정이다.

"제가 알기로 MSC사와 CMA 오머런에는 화물선과 유조선이 있습니다. 맞지요?"

"그렇다네."

"그것들을 안정적으로 사용할 수 있도록 부탁드리려구요."

현수의 표정을 읽은 아폰테는 피식 실소를 터뜨린다.

"겨우 그거 이야기하자고 보자 한 건가?"

"겨우라니요? 천지건설 입장에선 아주 중요한 일입니다."

"하긴… 자네 말도 일리는 있어."

아폰테 사장과 세바스티앙 부회장은 고개를 끄덕인다. 화물이란 게 시간의 영향을 많이 받는다.

특히 요즘처럼 국제 시세가 요동칠 땐 막대한 이익을 얻기도 하지만 손해를 볼 수도 있다.

먼저 입을 연 것은 세바스티앙 부회장이다.

"우리 CMA 오머런은 적극 협조하지."

아폰테도 고개를 끄덕인다.

"MSC도 마찬가질세. 자네가 천지건설에 있는 한 최우선적으로 쓸 수 있도록 배려하겠네."

"고맙습니다, 두 분."

현수는 깊숙이 고개 숙여 감사의 뜻을 표했다. 그리곤 가방 속에 담긴 것들을 꺼냈다. 주섬주섬 계속해서 꺼내놓자 아폰테와 세바스티앙은 뭔지 궁금하다는 표정이다.

모두 다 꺼내놓은 현수는 상자 두 개에 그것들을 집어넣었다. 가로 네 칸, 세로 네 칸으로 된 상자는 벨벳으로 치장되어 있다.

"이건 바이롯이라는 겁니다."

"바이롯? 처음 듣는군."

"그러실 겁니다. 오로지 이곳에만 있는 거니까요."

"그게 뭔가?"

아폰테 사장은 이슬이 떨어지는 형상을 본뜬 듀 드롭 타입 스윙 병을 보고 몹시 궁금했나 보다.

현수는 씨익 미소를 지었다.

시골 장터에서 '애들은 가라!'를 외치는 약장수가 회심의 일갈을 터뜨리기 전에 짓는 미소와 닮았다.

'이거 한번 잡숴 봐! 요강이 퍽 깨져! 아니, 담장이 넘어가!'라고 말할 때 회중을 둘러보는 모습도 보인다.

"맨 첫날 이것과 이것을 복용하십시오. 그리곤 이틀에 하나씩 한 달간 복용하세요."

현수는 듀 드롭 타입과 콘 타입 스윙 병을 하나씩 들어 보였다. 먹으라니 뭔가 몸에 좋은 것 같기는 한데 구체적으로 어떤 효능이 있는지 궁금한 아폰테 사장이 버럭 소리를 지른다.

"그러니까 이게 뭐냐는 말이네!"

듀 드롭 타입에 든 건 바이롯이고, 콘 타입 스윙 병에 든 건 마나포션이다.

"일단 다 들어보십시오. 이건 획기적으로 기력을 향상시켜주는 신약입니다. 혹시 한국의 천종산삼이란 걸 들어보신 적이 있는지요?"

"천종산삼? 들어봤네. 한국에 처음 왔을 때 누군가 그러더군. 한 100년쯤 묵은 천종산삼을 구할 수만 있다면 우리 리즈가 벌떡 일어난다고."

리즈는 엘리자베스의 애칭인 듯싶다.

비소세포폐암 3기를 천종산삼으로 고치다니 누군가 그냥 해본 말인 듯싶다.

이 말을 들은 아폰테 사장은 사람을 풀어 100년 묵은 천종산삼을 수배했다. 그러면서 값을 물어보니 1억 원은 준비해야 한다고 했다.

그렇기에 한 뿌리당 가격을 그 정도로 알고 있다.

"아시는군요. 세바스티앙 부회장님은 어떠세요? 천종산삼을 아세요?"

"알지! 한국에 오자마자 약령시장에 갔었네."

일전에 구입한 한약으로 베아트리체는 난임이 우려되는

생리불순으로부터 해방되었다.

중풍에 걸릴 위험성이 있던 세바스티앙 부회장은 정밀검진 결과 상당히 호전되었음을 통보받은 바 있다.

한약의 우수성을 몸소 체험하였기에 몸에 좋은 보약을 지으려 약령시장을 찾은 것이다. 물론 안내는 강전호가 맡았다.

사랑하는 피앙세를 고용한 고용주이며, 장차 태백조선소의 큰 고객이 될 사람이다. 하여 세바스티앙이 지은 한약값은 태백조선소의 공금으로 지불되었다.

약을 지을 때 이런저런 이야기를 들었다. 그렇기에 기력이 허한 장년인에게 좋은 '공진단'과 피로가 쉬 풀리지 않는 직장인에게 좋다는 '경옥고'에 대한 이야기도 들었다.

이에 세바스티앙은 공진단과 경옥고를 구입했다. 강전호랑 헤어진 후 전화를 걸어 별도로 구입한 것이다.

공진단은 기력이 쇠한 부친에게 줄 것이고, 경옥고는 태백조선소에서 지어준 보약 두 재를 모두 복용한 뒤 본인이 먹을 요량이다.

어쨌거나 세바스티앙도 천종산삼에 대한 이야기를 들었다. 다 죽어가던 사람도 벌떡 일으켜 세운다는 말에 구경 좀 하자고 했으나 실물이 없어 보진 못하였다.

하여 인터넷에 올라온 이미지만 보았을 뿐이다. 이 과정에서 천종산삼의 보다 다양한 효능을 보고 고개를 끄덕였다.

인터넷에 올라온 내용이 사실이라면 정말 인간에게 유용한 약재이기 때문이다.

그중 하나는 산삼이 암세포를 억제하고 정상 세포 생장을 촉진시키는 효능이 있다는 연구결과이다.

그렇기에 현수가 천종산삼을 아느냐고 물었을 때 고개를 끄덕인 것이다.

"여기 담겨 있는 이 액체는 100년쯤 묵은 천종산삼과 비슷한 식물의 즙을 특수 처리하여 겁니다."

마나포션의 주원료는 만드라고라를 착즙한 것이다.

이것만으로도 상당한 효능을 보인다. 굳이 따지자면 천종산삼과 거의 유사한 정도이다.

그런데 이 즙에 다른 마법 재료들을 섞으면 성분에 묘한 변화가 발생해 태어난 이후 줄곧 줄어들기만 하던 원기를 원상태로 채워주는 효과가 있다.

복용 후 두 시간 이내에 이러니 참으로 빠른 효과이다.

어쨌거나 만드라고라는 지구엔 없는 식물이다. 하여 이를 직접적으로 표현할 수 없어 천종산삼 운운한 것이다.

"그, 그런가?"

선물로 줄 모양인데 시가 1억짜리 천종산삼과 효능이 비슷하다니 흥미가 돋는다는 듯 둘 다 눈빛이 반짝인다.

서양인들도 공짜라면 양잿물도 마시는 모양이다.

그러고 보니 세바스티앙은 살짝 대머리이다. 현수는 공짜를 좋아하면 대머리가 된다는 말이 생각나서 슬쩍 미소 지었다.

그러다 세바스티앙과 시선이 마주쳤다.

"왜 웃나?"

"이건 정력제가 아닙니다."

"…누가 뭐랬나? 그냥 궁금한 것뿐이네."

말은 이렇게 했지만 세바스티앙은 정력에도 좋을 것이라 생각했다. 비아그라의 도움을 얻는 요즘 절실한 것 중에 하나가 퇴보한 정력을 원상태로 되돌리는 영약이다.

현수는 인정한다는 듯 고개를 끄덕이곤 말을 이었다.

"이건 방금 말씀드렸듯이 정력 증진에 효능이 있는 건 아닙니다. 물론 하나도 없다고는 말씀드릴 수 없습니다. 그보다는 잃어버린 원기 회복에 탁월한 효능을……."

현수는 원기에 관해 상세하게 설명해 줬다.

동양의학을 서양인들에게 납득시키는 일인지라 쉽지는 않았지만 이해는 시켰다.

"여기 이건 아까 바이롯이라 했지요?"

"그래, 그랬지. 그건 어떤 효능이 있는 건가?"

세바스티앙의 물음이다. 마나포션이 강력한 정력 증진제가 아니라는 것에 약간 실망하고 있는 차다.

"바이롯이란 식물에서 추출한 건데, 이틀에 하나씩 보름간 복용하면 정력 증진에 탁월한 효능을 보일 겁니다."

"……! 정력에 좋다고? 정말?"

둘 다 눈을 크게 뜬다.

'Tremendously Vigorous Vigor'라는 표현 때문이다. '엄청나게 격렬한 정력'이라는 뜻이다.

"이걸 제가 말씀드린 대로 복용하시면 1년간 그 효과가 지속됩니다."

"……!"

둘 다 놀랍다는 표정이다. 그러거나 말거나 현수는 차분하게 설명을 이어갔다.

"비아그라는 심장이 좋지 않은 사람은 사용할 수 없거나 여러 부작용이 발생될 수 있지만 이건 그런 게 없습니다. 유일한 부작용은 기력 저하입니다."

"그, 그렇겠지!"

철인이 아닌 이상 지치고 피곤하게 마련이다. 그렇기에 충분히 이해된다는 듯 고개를 끄덕인다.

"아까 드시라고 한 것은 그렇게 떨어질 수 있는 기력을 절대 떨어지지 않게 지켜주는 겁니다."

"오오! 그럼……."

세바스티앙은 둘을 함께 복용했을 때 어떤 결과가 빚어질지 이해가 된다는 듯 손뼉까지 치며 고개를 끄덕인다.

자신이 바라던 바로 그것이니 어찌 안 그렇겠는가!

가려운 곳을 확실하게 긁어준 느낌이다.

"이걸 두 분께 선물로 드리겠습니다. 한번 복용해 보십시오. 참, 이건 사모님께 드리세요."

현수는 마나포션 하나를 세바스티앙 앞으로 내밀었다.

"이건 뭔가?"

"부회장님만 혈기왕성해지면 사모님은 어떻겠습니까?"

"아! 그렇군. 고맙네."

무슨 뜻인지 알았다는 듯 고개를 끄덕이며 마나포션을 챙기자 아폰테 사장의 눈썹이 슬쩍 올라간다.

"나는 왜 안 주나? 엘리자베스가 늙어서 그러나? 아무리 늙었어도 기능을 모조리 잃은 건 아니네."

"에구, 엘리자베스 사모님은 이미 드셨어요. 저번에 치료할 때요. 사장님도 하나 드셨잖아요."

"아! 그럼 이게……."

아폰테 사장은 이해된다는 듯 고개를 끄덕인다. 그러다 문득 궁금한 것이 있다.

"그렇다면 난 이걸 안 마셔도 되는 거 아닌가? 1년간 유효하다며?"

엘리자베스는 치료 과정에서 이미 마나포션을 복용했다. 그러니 추가로 복용하지 않아도 된다. 아폰테 사장이 착각하

고 있는 것은 그때 그가 마신 게 마나포션이 아니라 회복포션
이라는 것이다. 그것도 반병이다.

　엘리자베스를 치료한 후 현수는 아폰테 사장에게 백년해
로하라는 뜻에서 이를 이온 음료에 타서 주었다.

　비교적 건강하기에 반병만 주었던 것이다.

　그리고 그걸 마시고 그간의 피로를 모두 풀라는 의도였다.
지난해 9월 15일에 있던 일이다.

　"그때 사장님이 드신 건 이게 아닙니다. 다른 효능이 있는
거죠. 그러니 사장님은 이걸 드셔야 해요."

　"아! 그런가? 알았네."

　아폰테는 얼른 마나포션을 챙긴다. 나이가 71살이나 되었
음에도 사내라 그런지 욕심을 부린다.

　아폰테와 세바스티앙은 비서를 불러 현수가 준비한 상자
를 챙기게 하지 않았다. 다른 건 몰라도 이건 직접 챙겨야 한
다고 생각한 듯싶다.

　현수는 확실히 구별되도록 분홍색 보자기로 박스를 묶었
다. 이럴 즈음 정일화 집사가 노크를 하고 들어와 손님이 왔
음을 알린다.

　"아, 그래요? 그럼 들어오라고 하세요."

　"네, 가주님."

　깍듯하게 예를 갖추고 물러서자 아폰테와 세바스티앙은

정 집사의 뒷모습을 바라본다.

유럽에서도 유서 깊고 명예심 높은 가문의 집사들이나 보여주는 절도 있으면서도 예의범절이 깍듯한 집사를 한국에서 볼 수 있을 것이란 생각을 하지 못한 때문이다.

정 집사가 나간 후 들어온 이는 김상렬이다.

신세계마리타임이라는 복합운송주선업체를 운영했는데 요즘 크게 사세를 확장한 친구이다.

직원 수가 100여 명으로 늘어났는데, 물류장비 부서와 함께 수출입을 담당하는 대한민국 최고의 LCL 및 FCL 회사로 발돋움했다.

"아! 어서 와라."

"그래, 오랜만이야."

상렬은 현수에게 환한 웃음을 지어 보인다.

그러다 표정을 굳힌다. 아폰테 사장과 세바스티앙 부회장을 어디선가 본 듯한데 금방 떠오르지 않은 때문이다.

"인사드려. MSC사의 지앙뤼쥐 아폰테 사장님이셔."

"아! 아, 안녕하십니까? 신세계마리타임의 김상렬입니다. 인사가 늦었습니다. MSC사의 한국대리점을 맡고 있습니다."

"아, 그런가요?"

MSC사의 대리점은 세계 각국에 있는데 아폰테 사장은 그중 얼굴을 알거나 직접 만난 사람이 거의 없다.

회사의 실무진이나 접촉하기 때문이다.

그렇기에 다소 시큰둥한 표정으로 상렬의 명함을 받아 든다. 그리곤 느릿하게 본인의 명함을 꺼내 건넨다.

현수는 받아 든 명함을 살피는 상렬을 툭툭 쳤다.

"이분께도 인사드려야지. CMA 오머런사의 세바스티앙 오머런 부회장님이시다."

"헉! 기, 김상렬입니다. 이 친구 덕에 CMA 오머런의 한국대리점을 맡고 있습니다."

또 명함을 주고받았다. 세바스티앙 역시 아폰테 사장과 별반 다를 바 없다.

현수에게만 사근사근 간이라도 빼줄 듯 친근하게 굴지 다른 이들에겐 아주 쌀쌀맞은 모양이다.

"이렇게 두 분을 만나 뵙게 되어 정말 영광입니다."

상렬이 운영하는 신세계마리타임은 MSC나 CMA 오머런에 비하면 구멍가게나 다름없다.

그리고 확실하게 MSC와 CMA 오머런이 갑(甲)이고 신세계마리타임은 을(乙)이다.

그렇기에 허리를 직각으로 굽혀 다시 한 번 예를 갖춘다.

현수가 집 구경이나 할 겸 오라고 해서 온 길이다.

이사 후 집들이를 하지 않아 첫 방문인지라 두루마리 휴지를 사가지고 왔다. 그런데 생각지도 못한 거물들을 보니 정신이 하나도 없는 듯 당황한 표정이다.

MSC와 CMA 오머런은 세계 1위 해운선사인 머스크 라인(Maersk Line)의 뒤를 이어 2위와 3위에 랭크되어 있다.

이들 세 개 해운회사의 전 세계 시장점유율은 거의 50%에 달한다. 그야말로 막강한 회사들이다.

참고로 머스크 라인은 약 258만, MSC는 약 233만, 그리고 CMA 오머런은 약 147만 TEU를 보유하고 있다.

TEU란 Twenty—foot equivalent units의 약자이며, 일반적으로 길이 20피트짜리 컨테이너 박스 한 개를 나타내는 단위이다.

따라서 MCS가 보유한 배들은 233만 개의 20피트짜리 컨테이너를 실을 수 있다는 뜻이다.

이러니 직원 수 100여 명인 중소기업 신세계마리타임은 구멍가게라 칭한 것이다.

상렬이 어리둥절해하고 있을 때 현수가 입을 열었다.

"저하고 아주 친한 친구입니다. 아제르바이잔과 브라질, 그리고 에티오피아 등지에서 오는 화물도 이 친구가 주선할 수 있도록 부탁드립니다."

"…그러지. 우리의 한국 대리점이니 당연한 일이네."

아폰테 사장이 잠시 말을 끊은 것은 현수가 말하지 않은 속뜻을 파악하느라 그런 것이다.

화물운송을 주선하는 업체가 무능하거나 중간에 농간을 부리면 손해가 발생할 수 있다. 현수가 자신이 믿을 수 있는 친구에게 일을 맡김으로써 그런 일을 미연에 방지하고자 이 자리에 김상렬을 불러들였다 생각한 것이다.

물론 그런 의도가 가장 컸다.

다음은 친구인 상렬에게 거물들을 소개해 줌으로써 더 높은 곳으로 날아보라고 격려하기 위함이다.

"우리 회사에서도 그렇게 하지. 앞으로 잘 부탁합니다."

"네? 아! 그, 그럼요. 당, 당연하죠. 열심히 하겠습니다."

상렬의 얼굴이 벌겋게 상기되어 있다.

현수가 브라질에서 엄청난 공사를 수주했다는 건 이미 언론에 보도되어 알고 있다.

그 공사를 수행하려면 많은 장비와 자재를 보내야 한다. 공사대금을 자원으로 받으니 그것도 실어 와야 한다.

아제르바이잔 유화단지 공사도 마찬가지이다. 갈 때는 장비와 자재를 보내고 올 때는 원유와 가스를 받아 온다.

간 배에 실어올 수 있으면 좋겠지만 전혀 다른 성격의 화물인지라 각각 다른 배를 써야 한다.

이제부터 머리를 잘 써야 효율적인 화물운송이 이루어질 것이다. 그리고 그건 막대한 이득을 볼 수 있는 일이다.

신세계마리타임은 이제 직원 수를 더 많이 늘려야 할 것이다. 현재보다 적어도 다섯 배는 더 많아야 원활하게 일을 추진할 수 있기 때문이다.

그렇기에 기분이 상당히 업되어 있는 것이다.

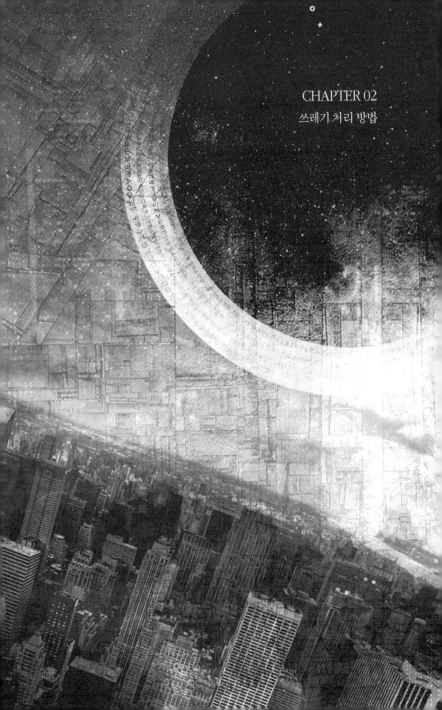

CHAPTER 02
쓰레기 처리 방법

전능의팔찌
THE OMNIPOTENT
BRACELET

"해군의 수색 작업은 여전히 진행 중입니다. 저기 저 바다에 떠 있는 건 불법조업을 하던 지나 어선의 잔해입니다."

기자가 손으로 가리킨 곳엔 많은 잔해가 둥둥 떠 있다.

이곳은 울릉도 인근 오징어 어장이다. 평상시 같으면 많은 오징어잡이 채낚시 어선이 있었을 것이다.

우리 어부들이 사용하는 방식은 채낚시이다.

야간에 조명등을 밝혀 배 주변으로 몰려드는 오징어를 긴 낚싯줄에 여러 개의 낚시를 달고 물레처럼 감아올리는 방식이다.

지나의 불법조업 어선들은 쌍끌이 어망을 사용한다. 두 척의 배가 어망을 펼친 후 바다를 훑는 것이다.

동해는 수심이 깊어 바닥까지 훑을 수 없지만 서해는 저인망을 사용하여 어족 자원의 씨를 말린다.

며칠 전 이곳에서 불법조업을 하던 지나 어선들이 갑작스런 폭풍우와 격랑에 휘말려 모조리 침몰하였다.

인도적 차원에서 한국과 일본의 군함과 순시선까지 몰려들어 수색 작업을 펼쳤지만 생존자는 제로이다.

어부 전원이 익사 내지는 실종이다.

한국, 일본, 지나에선 의문의 기상 현상으로 인해 2,000척이 넘는 어선이 침몰한 이 사건에 대해 집중 보도하였다.

오늘은 실종자 수색 작업이 진행 중이다.

당국이 파악한 바에 의하면 약 3,000여 명의 희생자 시신이 아직 발견되지 않았다.

"저 바다엔 아직도 3,000여 명이 빠져 있습니다. 사고 발생 후 너무 많은 시간이 지나 생존 가능성은 거의 없지만 수색의 손길은 오늘도 분주합니다. 이 배의 함장이신 김영태 대령을 잠시 모셔보겠습니다. 함장님, 지금 저 바다에……"

해군 제1함대 기함인 광개토대왕함까지 동원된 것은 일본과 지나에게 보여주기 위함만은 아니다.

시신 수가 워낙 많아서 큰 배가 필요했던 것이다.

"저희 해군은 이번 지나 어선 침몰 사고······."

김 대령은 의례적인 답변을 하고 물러갔다. 카메라는 바다에 둥둥 떠다니는 부유물들을 줌으로 끌어당겨 보여준다.

스티로폼 박스 등이다.

같은 내용의 보도가 서해에서도 이루어지고 있다.

이쪽은 동해와 달리 지나의 엄청난 수의 배가 보인다. 지나에서 파견한 구조선이다.

어느 날 갑자기 잔잔하던 바다가 격랑으로 변하여 무려 7,020척의 배를 삼켜 버렸다. 지나 당국의 조사에 의하면 무려 91,300여 명이 목숨을 잃었다.

지금껏 약 6만 구의 시신을 건졌고, 나머지 3만 1,300여 구를 인양하기 위해 그야말로 샅샅이 뒤지는 중이다.

수색 결과 생존자는 단 하나도 없었다.

얼마나 격랑이 세었는지 침몰된 배를 인양해 보니 완파에 가깝게 부서진 상태이다.

지나 쪽 사람들은 침통한 표정으로 수색 작업을 하고 있고, 해경 함정 쪽은 상황만 예의 주시하고 있다.

지난 2월에도 서해에선 같은 유형의 침몰 사고가 있었다. 격렬비열도 쪽은 전멸이었지만 NLL 인근 해역 쪽에선 세 명이 생환했었다.

지나의 언론은 혹시 있을지 모를 생존자를 대비해 방송을 준비하고 있지만 그럴 확률은 제로이다.

실라디아와 엘리디아가 현수의 명령에 따라 단 하나의 생존자도 남겨두지 않았기 때문이다.

이번 수색 작업이 끝나면 해저에 침몰되어 있는 어선들은 물론이고 바다 위를 떠다니는 쓰레기까지 모조리 청도 앞바다에 몰아넣을 예정이다.

전에 없던 일인지라 이상하게 생각하겠지만 어쩌겠는가!

쓰레기는 대답이 없을 것이다. 그런 쓰레기 중에 상당량은 한국에서 배출된 것이다.

조사 자료에 따르면 서해로 유입되는 쓰레기는 1년에 약 18만 톤이다. 15톤 트럭 1만 2,000대 분량이다.

장마철이나 태풍 때 한강과 임진강에서 집중적으로 쏟아져 나온다.

외국에서 오는 쓰레기도 많다. 그중 76.6%는 지나로부터 온 것으로 추정된다.

이런 바다 쓰레기는 바람과 조류를 타고 움직이면서 물고기의 산란장을 파괴하고, 선박의 스크루에 말려들어 사고 위험을 높인다.

하여 해수부에선 씨클린호 이외에 29척의 바다 쓰레기 정화선을 풀어놓았지만 수거되는 것은 전체의 절반 정도이다.

이런 일을 매년 당할 수는 없지 않은가!

하여 서해의 바다 쓰레기 전부를 지나 해안으로 옮겨놓도록 한 것이다. 정령이 아니면 할 수 없는 일이다.

따라서 지나를 비롯한 다른 나라 해양학자들은 고개만 갸웃거리게 될 것이다. 과학적 입증이 불가능한 때문이다.

현수는 뉴스를 보며 쉐리엔 주스를 마시고 있다. 지현과 연희는 현수의 좌우에 앉아 미소 짓고 있다.

모든 것이 만족스런 아주 행복한 순간인 때문이다.

아폰테 사장과 세바스티앙은 한국에 온 김에 관광이나 하겠다고 나갔다.

현수가 보는 앞에서 바이롯 한 병과 마나포션 한 병을 깨끗하게 비웠다. 그런데 장시간 비행기를 타고 곧장 스위스와 프랑스로 가고 싶지 않다.

현수가 장담한 바이롯의 효능을 한순간이라도 빨리 보고 싶은 때문이다.

현재는 경주에 있는 한옥 호텔인 라궁(羅宮)으로 가고 있는 중이다. 이곳에서 이틀을 머문 뒤 제주도 섭지코지의 유니콘 아일랜드 별장에서 머물 예정이다.

현수가 보유하고 있던 50채 중 세 채는 지현과 연희, 그리고 이리냐에게 고르도록 하였다.

그리고 이실리프 상사 민주영 사장, 이실리프 메디슨 민윤서 사장, 이실리프 메디슨 연구소장 김지우 박사, 이실리프

어패럴 박근홍 사장, 천지약품 이춘만 사장, 이실리프 엔진 김형윤 사장, 이실리프 모터스 박동현 사장에게 각기 한 채씩 선물한 바 있다.

50채 중 열 채의 임자가 정해진 것이다.

나머지 40채는 이실리프 계열사 사장들에게 선물할 예정이다. 한 채당 최하 50억은 내야 분양받을 수 있는 것이니 아마 기함할 것이다.

다음은 별장을 받을 것으로 확정된 명단이다.

이실리프 브레인 이준섭 대표
이실리프 엔터테인먼트 조연 대표
이실리프 코스메틱 태청후 대표
이실리프 솔라파워 주윤우 대표
이실리프 저작권 관리협회 주효진 대표
이실리프 트레이딩 윌슨 카메론 대표
이실리프 뱅크 김지윤 행장대리 전무이사
이실리프 몽골자치령 통령 오정섭
이실리프 몽골자치령 행정수반 남바린 엥흐바야르
이실리프 러시아자치령 통령 송지호
이실리프 러시아자치령 공동 행정수반 유리 파블로첸코
이실리프 러시아자치령 공동 행정수반 안드레이 자고예프

이실리프 콩고민주공화국자치령 통령 김성률

이실리프 에티오피아자치령 통령 강병훈

Y—STAR 총책임자 박형석 박사

신형섭 천지건설 사장과 권철현 고검장이 각각 콩고민주
공화국과 에티오피아 행정수반직을 수락하면 하나씩 선물할
예정이다.

이 밖에 이실리프 우주항공(전 KAI)과 이실리프 스페이스(전
퍼스텍), 그리고 이실리프 코스모스(전 쎄트렉아이)의 대표이사
들에게도 한 채씩 주어진다.

뿐만 아니라, 현재 신혼여행 중인 한창호·조인경 부부와
강전호·베아트리체 부부에게도 하나씩 줄 생각이다.

이실리프 정보엔 공동으로 사용할 수 있도록 한 채를 배정
해 두었다.

이렇게 배분되는 게 23채이니 17채가 남는다.

이것들은 추가로 이실리프 계열사 대표가 될 사람에게 주
어질 것이다. 물론 현수가 본인의 사람이라 판단하였을 경우
의 일이다.

그러기 이전까지는 계열사에서 사용하도록 했다.

현재 회사에서 중요한 접대를 하거나 임직원들에게 포상
으로 휴가를 줄 때 임시 사용 권한을 부여한 상태이다.

유니콘 아일랜드의 별장들은 모든 것이 완벽하게 갖춰진 상태이다. 국내의 5성급 호텔보다 훨씬 더 고급스런 시설과 서비스를 받는다.

군이 따지자면 6성급 이상, 7성급 이하 정도가 될 것이다.

각각의 별장은 매일 청소되고 정리정돈이 이루어진다. 늘 최상의 상태가 유지되도록 관리인이 상주하고 있다.

아폰테 사장과 세바스티앙 부회장으로 하여금 이틀간 라 궁에 머물도록 한 것은 한옥을 체험해 보라는 배려와 함께 이 들이 선택한 별장을 누군가 사용 중이기 때문이다.

둘도 중요한 사람이기는 하지만 포상을 받아 휴가를 즐기 고 있는 임직원의 즐거움을 빼앗는 것은 바람직하지 않다.

그렇기에 이들의 휴가가 끝나는 이틀간 라궁에서 머물도 록 한 것이다.

물론 비용은 현수가 낸다. 천지건설과 이실리프 그룹의 화 물운송을 최우선적으로 처리해 주는 것에 대한 보답이다.

"자기, 이 시간이 영원했으면 좋겠어요."

"저두요!"

말을 마친 지현과 연희가 현수의 품으로 파고든다.

이런 행복을 선사해 준 장본인이며 너무도 사랑하는 남편 이기 때문이다.

"나도 좋아!"

현수는 두 여인을 더욱 세게 보듬어 안았다.

너무도 현숙하며 상냥하고 섹시한 두 여인이다. 게다가 음식 솜씨도 매우 좋다.

어찌 사랑해 주지 않을 수 있겠는가!

저택 2층의 침실에 잠시 열풍이 불었다.

"배가 고픈데 뭐 좀 해먹을까?"

"뭐가 먹고 싶은데요?"

"그냥 아무거나. 맛있는 걸로."

"맛탕 어때요? 떡볶이는요?"

연희의 말을 받은 건 지현이다.

"난 순대가 먹고 싶은데."

"……!"

현수는 대꾸 대신 지현을 바라보았다. 그리곤 말없이 맥문을 쥐었다.

"마나 디텍션!"

샤르르르릉—!

맥문을 통해 체내로 들어간 마나는 곧장 자궁으로 향했다. 예감 때문이다.

'…오오! 역시……!'

자궁에 웅크리고 있는 마나 덩어리가 느껴진다. 임신이다.

"왜요? 어디 안 좋아요?"

지현의 걱정스런 표정을 읽은 현수는 환히 미소 지었다.

"축하해. 임신이야."

"네? 저, 정말요? 아무런 증상도 없는데요?"

사람에 따라 차이가 있겠지만 임신 3개월이면 입덧이 심할 수도 있다. 그런데 지현은 전혀 그런 걸 느끼지 못했다.

"임신 맞아. 내일이라도 병원에 가서 검사… 아냐. 그럴 필요 없겠다. 임신이 확실해. 그리고 내가 보니까 아기는 정상이야. 당분간 조심하면 될 거야."

"정말요? 정말 병원에 안 가봐도 되는 거예요?"

지현의 물음에 현수는 고개를 끄덕였다.

"우리 신혼여행 가서 가장 먼저 뭐 했지?"

"열흘간 체질 개선시킨다고……. 그래서 괜찮은 거예요?"

"그래, 우리 아기는 무조건 정상이야. 그리고 체질이 개선되어 입덧을 안 하는 걸 거야."

"축하해요."

연희가 끼어들며 미소를 짓는다.

그런데 살짝 어두워 보이기도 한다. 지현만 임신하고 본인은 아직 못했다고 생각한 때문일 것이다.

"자기도 이리 와봐."

"네? 저도요?"

현수는 연희의 손목을 잡고 같은 방법으로 살펴보았다.

'으잉? 연희도?'

연희 역시 지현과 다르지 않다. 임신이다.

"자기도 임신이야. 둘이 똑같아."

"어머! 축하해!"

그렇지 않아도 본인만 임신이면 어쩌나 생각하던 지현이 환히 웃는다.

"정말요? 정말 저도 임신한 거 맞아요? 저도 입덧 같은 거 한 번도 안 했는데."

"응, 맞아. 그러니까 이제부터 조금 조심해. 과격한 운동 같은 거 하지 말고. 둘 다."

"알았어요."

지현이 먼저 고개를 끄덕인다. 연희도 따라서 그러다가 문득 생각난 게 있다는 듯 현수를 바라본다.

"근데 자기, 이제 어떻게 해요?"

"뭘?"

"우리 둘 다 임신이고, 지금 초기이니 당분간은 각방을 써야 하잖아요."

"……!"

현수는 아무런 대꾸도 하지 않았다. 그러고 보니 그러하다. 임신 초기에 조심하지 않으면 낙태의 위험이 있다는 건

전 국민이 아는 상식이다.

"러시아에 가 있을까?"

"이리냐도 혹시 임신 아닐까요?"

"헐······!"

셋 다 임신이면 불타는 침실은 이제 끝이다. 아이 낳을 때까지 셋 다 접근 금지를 선포할 수도 있기 때문이다.

여자들이란 임신하면 저절로 모성애가 강해져 아이를 먼저 생각하니 그럴 확률이 매우 높다.

"끄응!"

"그래도 자기 바람피우면··· 뭔 말인지 아시죠?"

"너무 앞서가는 거 아냐? 그리고 내가 그럴 사람이야? 자기들처럼 아름다운 부인이 있는데."

"자긴 너무 세서······. 근데 참을 수 있어요?"

"당근이지. 자, 난 이제 잠깐 나가서 리노랑 셸다 보고 올게. 자기들은 쉬고 있어."

현수는 아내들의 대답을 기다리지 않고 바깥으로 나갔다. 아빠가 된다는 생각이 들자 조급한 마음이 든 때문이다.

하루라도 빨리 아이들을 보고 싶다.

휘이익—! 휘이이익—!

컹, 컹! 컹, 컹!

휘파람을 불고 얼마 지나지 않아 리노와 셸다가 왔다. 새끼들도 보인다.

"잘들 있었지? 셀다, 수고가 많았어."

아공간의 고깃덩이를 꺼내 잘게 찢어주었다. 새끼 늑대들도 먹으라는 뜻이다. 배가 고팠는지 잘도 먹는다.

"하하! 녀석들!"

현수는 괜스레 흐뭇한 마음이 들었다.

리노와 셀다가 부모가 된 것처럼 자신도 아버지가 된다는 생각을 하자 기분이 좋아진 것이다.

수퍼포션을 복용시켰으니 웬만한 일로는 낙태되지 않을 것이다.

'얼마나 똑똑한 녀석들이 태어날까? 마나 감응도도 좋겠지? 마법사로 키울까? 쩝, 소문나면 안 되는데.'

지구에서 마법사로 사는 건 굉장한 우월감을 느낄 일이다.

참 마법 하나만 익혀도 안 되는 일이 없다. 모두의 마음을 얻을 것이기 때문이다.

현수는 이런저런 생각을 하며 리노와 셀다, 그리고 새끼 늑대들과 시간을 보냈다.

*　　　*　　　*

"생각보다 훨씬 빨리 불러주셨습니다."

"그렇죠? 광맥의 순도가 예상보다 훨씬 높아서 예정보다 빨랐습니다. 가져갈 준비는 다 된 거죠?"

"물론입니다. 잠시만 기다리시면 될 겁니다."

현수와 마주하고 있는 사내는 본인이 미국 재무부 차관보라 한 CIA 비밀요원이며 특별요원인 게리 론슨이다.

NSA의 극동 담당 중간책임자이기도 하다.

이곳은 이실리프 자치령 반둔두 지역 중 한 곳으로 제법 널찍한 공지가 있는 곳이다. 그리고 오늘은 자치령에서 생산된 금괴 2,000톤을 미국에 인도하는 날이다.

론슨은 기기를 꺼내 이곳의 좌표를 확인하곤 어디론가 전송했다. 그리곤 웃는 낯으로 말을 잇는다.

지난번에 구현시킨 어펜시프 참 마법 때문일 것이다.

"다음 것도 조금 더 빨라졌으면 합니다."

FRB가 보관하고 있던 금괴 모두를 도난당했다는 소문이 월가에 퍼지면서 분위기가 심상치 않은 상태이다.

이 소문이 사실이라면 치명적인 결과가 빚어질 수 있다.

따라서 신인도를 유지하려면 가급적 빨리 채워 넣어야 하는 상황이기에 서둘러 달라는 것이다.

현수 역시 돈을 받았으니 얼른 주는 것이 좋다. 그래야 한 탕 더 뛸 수 있기 때문이다.

"그렇지 않아도 그럴 생각입니다. 조금 전에도 말했듯이 현재 캐내는 광맥의 순도가 상당히 좋습니다. 준비되는 대로 바로 알리지요."

"고맙습니다."

론슨은 눈빛을 빛냈다.

현수로부터 배려받는 느낌 때문이다. 론슨은 현수와의 거래를 성사시킨 후 FRB로부터 보너스를 받았다.

금괴를 구할 수 없어 발을 동동 구르고 있었는데 게리 론슨 덕에 한시름 던 때문이다. 예상보다 빨리 금괴를 보내주면 또 한번의 합법적인 보너스를 기대할 수 있게 된다.

이 모든 게 현수의 덕이다. 그렇기에 론슨의 현수에 대한 호감도 수치는 매우 높다.

현수는 세계 최고의 IQ를 가진 사람이다. 게다가 축구의 신이며 야구의 신도 된다.

엄청나게 돈 많은 부자이고, 전 세계를 열광케 하는 곡을 써내는 천재적인 작사, 작곡가이다.

수학에도 일가견이 있고, 어느 누구도 복제가 불가능한 쉐리엔과 항온의류를 만들어낸 사람이다.

건설 영업은 타의 추종을 불허할 만큼 이미 신화적인 성과를 얻어냈다. 게다가 순도 높은 금광의 주인이다.

이런 사람과 인연을 맺은 것이 기분 좋다. 그렇기에 게리 론슨은 사람 좋은 미소를 지어 보인다.

전혀 첩보원답지 않은 모습이다.

"참, 미스터 론슨, 전에 내가 이야기한 것 기억하지요?"

"누가 회장님에 대해 조사를 명했는지 확인하라 한 것 말씀이십니까?"

"그렇습니다. 알아보셨습니까? 사실대로 말하세요."

"……!"

게리 론슨은 잠시 말을 끊었다. 이 순간 눈빛이 바뀐다. 론슨과의 첫 만남은 우호적이지 않았다.

하여 올웨이즈 텔 더 트루스 마법으로 속내를 알아냈다. 그리곤 이를 캔슬하고 새로 어펜시브 참 마법을 걸어 누가 본인을 조사하는지 알아오라고 했다.

그것에 대한 시동어가 바로 '사실대로 말하라'는 것이다. 그렇기에 의식의 전환이 이루어지는 동안 말을 끊은 것이다.

"물론입니다. 회장님을 조사하도록 명을 내린 사람은 NSA의 키스 알렉산더 국장입니다. 아울러 존 브레넌 CIA 국장 또한 회장님에 대한 조사를 지시했습니다."

"국무부에선 없었어요?"

"있었지요. 크리스토퍼 힐 국무부 동아시아—태평양 담당 차관보도 회장님을 예의 주시하고 있다고 합니다."

참고로 미국의 국무부는 외교를 담당하고 있기 때문에 조직이 방대하다.

지휘계통은 장관—부장관—차관—차관보로 이어진다.

크리스토퍼 힐은 동아시아와 태평양 지역을 총괄하는 부서의 장이니 상당한 고위직이다.

어쨌거나 미국의 주요 인사들이 본인을 눈여겨보고 있다고 하니 현수는 전혀 반갑지 않다.

지금이야 자신들과 상충됨이 없으니 가만히 있겠지만 조금이라도 꼬투리가 잡히면 어떻게든 자신의 행동을 제약하려 할지 모르기 때문이다.

"그게 답니까?"

"아닙니다. MD 앤더슨 암센터와 필라델피아 어린이병원, 그리고 메이요 클리닉과 존스홉킨스 병원에서도 회장님에 대한 조사를 하고 있는 것으로 파악되었습니다."

"흐음, 그렇군요."

병원들이 자신을 찾는 것은 가에탄 카구지의 아들을 치료한 것과 아디스아바바 코리안 빌리지의 성자라는 소문 때문일 것이다.

'병원 쪽은 그런데 CIA와 NSA, 그리고 국무부에서 날 조사하는 건 마음에 안 드네. 쩝! 그러거나 말거나.'

혼자 고민해 봐야 스트레스만 쌓인다. 하여 현수는 마음을 편히 먹자고 생각했다. 이럴 수 있는 건 현수가 마법사라는 건 상상조차 하지 못할 것이기 때문이다.

현수는 게리 론슨의 입을 통해 이런저런 상황을 파악할 수 있었다. FRB와 포트 녹스의 금괴 도난 사건으로 인해 연방 준비은행과 미국 정부는 코너에 몰렸다.

누군가의 입을 통해 소문이 번졌기 때문이다.

아직은 아니지만 의회 의결에 의한 청문회 내지는 특검이 진행될 수도 있다. 그 결과 금고가 비어 있음이 알려지면 세계적인 공황사태가 발발하는 빌미가 될 수도 있다.

그렇기에 극도의 보안을 유지하며 누가 가져갔는지를 조사하는 한편, 은밀히 금괴 확보 작업이 이루어지는 중이다.

따라서 당분간 현수는 매우 안전하다. 물론 FRB와 포트녹스가 다시 금괴로 가득할 때까지 한시적이다.

이번에 2,000톤, 다음에 또 2,000톤을 가져가더라도 미국은 12,350톤의 금괴가 더 필요하다.

FRB는 8,000톤을 잃어버렸고, 포트 녹스는 8,350톤을 잃어버린 때문이다.

미국은 은밀히 금괴 매입을 시도하고 있다. 그런데 거의 모든 거래가 불발되었다. 은밀성을 잃었거나 폭등하는 국제 금 시세를 그대로 적용하려 한 때문이다.

이는 일본과 지나 역시 은밀하면서도 대량 거래를 추진하고 있기 때문이다.

다시 말해 수요가 공급을 앞지른 상태인지라 상대는 노골적인 갑(甲)질을 했고, 미국은 이를 수용하지 않기로 했다.

그리곤 게리 론슨으로 하여금 현수와의 추가 거래가 성사되도록 노력하라는 지시를 내렸다.

대가는 보너스와 진급이다.

이에 게리 론슨은 흔쾌히 임무를 수행하겠다고 고개를 끄덕이고 왔다. 현수에게도 득이 될 일이기 때문이다.

"그래서 말인데, 추가로 더 거래해 주실 수 있는지요?"

"네? 4,000톤이나 매입하는데도 금이 더 필요하단 말입니까? 미국에 뭔 일 있어요?"

짐짓 너스레를 떨어보는 현수이다.

"…아뇨! 일은요. 아시잖아요, 미국이 어떤 나라인지. 재무부에서 더 확보할 필요가 있다고 결정해서 그런 겁니다."

"그래요? 재무부에서 왜……?"

현수의 말은 이어질 수 없었다. 게리 론슨이 시선을 떼고 가방에서 서류를 꺼내 들며 입을 연 때문이다.

"회장님, 유감스럽게도 저는 일개 차관보입니다. 그런 건 보스들이 알아서 결정하는 거죠. 따라서 저는 그 이유를 확실히 설명할 수 없습니다."

사실 이건 말이 안 되는 대꾸이다.

차관보는 실무 책임자라 해도 과언이 아닌 자리이다. 따라서 누구보다도 재무부의 의도를 명확히 꿰고 있어야 한다.

당연히 금괴를 도난당했다는 사실을 알고 있다.

론슨은 어펜시브 참 마법에 걸려 있어 사실대로 불어야 한다. 하지만 현수가 '사실대로 말하라'는 말을 하지 않았다.

그렇기에 이렇게 대답한 것이다.

어쨌거나 FRB와 포트 녹스가 비었다는 사실이 소문나면 금값은 폭등에 폭등을 거듭할 것이다.

이건 미국의 국익과 배치되는 일이다.

NSA에서 CIA로 파견된 비밀요원 겸 특수요원으로서 절대로 언급해선 안 될 말이다.

현수는 뻔한 속을 짐작했지만 짐짓 모르는 체했다.

"그래요? 아무튼 더 필요하다니 더 팔지요. 나야 팔면 좋은 거니까요. 그렇지 않아도 돈이 많이 필요합니다. 그런데 얼마나 더 필요한가요?"

"얼마나 더 캐낼 수 있는 겁니까?"

"호오! 얼마든지 산다는, 뭐 그런 뜻입니까?"

"그건… 네. 1만 톤이라도 살 수 있습니다."

"흐음! 미국에 뭔 일이 있기는 있군요. 하지만 뭐 내가 알아야 할 일이 아니니 이건 그냥 넘어가죠."

"……!"

게리 론슨은 아무런 말도 하지 않는다. 속내를 들키고 싶지 않음이다.

"요즘 금값이 계속 오르고 있는 건 아시죠?"

"네, 알고 있습니다."

지나와 일본이 미친 듯이 금을 사들이고 있으니 당연한 일이다. 그럼에도 국내의 수요조차 간신히 해결하는 상황이다. 그렇기에 더 많은 금을 사기 위해 남몰래 동분서주하는 중이다.

미국과의 지난번 거래는 순도 999.9‰짜리 금괴 2,000톤에 1,153억 6,000만 달러로 거래했다.

톤당 5,768만 달러였다.

1차 거래 대금 1,153억 6,000만 달러와 2차 거래 대금의 20%인 230억 7,200만 달러는 이미 지급받았다.

이실리프 트레이딩에서 추가로 운용하게 된 1,384억 3,200만 달러가 바로 이 돈이다.

"2차 거래는 보름 후에 하고, 3차 거래는 다시 보름 후에 하는 걸로 합시다. 4차는 다시 보름 후에 하구요."

"헐! 15일 만에 2,000톤씩이나 생산할 수 있는 겁니까?"

게리 론슨은 예상보다 훨씬 빠른 생산에 놀란 듯 깜짝 놀라는 표정이다.

"그렇습니다. 아까도 말했듯 새로 발견된 건 기존보다 순도도 높고 광맥도 깊어서 가능합니다."

"오우!"

게리 론슨은 진심으로 탄성을 터뜨렸다. 생각보다 빨리 금괴를 확보할 수 있게 된 때문이다.

말은 안 했지만 FRB에선 다각도로 인원을 파견한 바 있다. 맡겨진 임무는 국제 금 시세에 준한 금괴 매입이다.

물론 은밀성이 담보되어야 한다.

이 상태에서 누가 먼저 얼마나 많이 금을 매입하느냐에 따라 포상금이 책정되어 있다. 더 적은 가격에 더 많이 확보할수록 당연히 액수가 크게 설계되어 있다.

"얼마나 더 필요하십니까?"

게리 론슨은 지난번 조사 때 추가로 생산 가능한 양을 10,000톤으로 보고한 바 있다.

이는 개인적이면서도 객관적인 추산이다. 현수와 함께 반둔두에 소재한 금광을 돌아본 후 내린 결론이다. 첩보원이지만 전문적인 지식을 쌓았기에 내릴 수 있었던 것이다.

"기존의 1차와 2차 거래 이외에 추가로 1만 2,000톤쯤 가능할까요?"

이 정도면 미국이 잃어버린 것의 약 98%이다. 나머지 350톤은 이미 다른 경로를 통해 구했다.

그렇기에 찔러보는 듯 제시한 것이다.

"흐음······."

현수는 짐짓 추가 물량을 계산하는 척했다. 쉽게 고개를 끄덕여도 안 되고, 안 된다고 해도 안 되기 때문이다.

그렇게 잠시 시간을 지체하곤 가지고 있던 서류를 뒤적이는 척했다.

이 서류의 표지엔 '채굴 일지'라는 표찰이 달려 있다.

게리 론슨은 잠시 숨죽인 채 현수가 서류를 확인하는 걸 지켜보았다. 약 3분 후 현수는 서류를 덮었다.

"기존의 거래 이외에 보름 간격으로 2,000톤씩 다섯 번까지는 가능할 것 같습니다."

"저, 정말입니까?"

2,000톤씩 다섯 번이면 앞으로 10,000톤을 더 확보할 수 있다는 뜻이다.

모르긴 해도 최고로 많은 물량 확보일 것이다. 이제 승진은 확보되었다.

다음은 가격이다.

CHAPTER 03
금괴 수송 작전

"그런데 가격은 얼마로……? 참고로 이건 요즘 금 시세 현황입니다."

게리 론슨은 준비한 서류들을 내밀었다.

말한 그대로 국제 금 시세 현황인데 일 단위로 꺾은선그래프로 표시되어 있다. 매일매일 조금씩이라도 금값은 상승하고 있다. 불안한 국제금융시장 때문이다.

지난 한 달간 약 8% 정도 상승했다.

미국과 거래 금액은 금괴 2,000톤에 1,153억 6,000만 달러였다. 이보다 올라 현 시세는 1,248억 2,000만 달러이다.

현재의 추세대로라면 금값은 계속해서 상승할 듯싶다. 꺾은선그래프는 점점 가파른 기울기 변화를 보이고 있다.

현수는 짐짓 계산기를 꺼내 뭔가를 계산하는 척했다. 게리 론슨은 잠자코 구경만 하고 있다.

현수가 얼마를 요구할지 궁금해 군침만 삼키고 있을 뿐이다.

"3차부터 7차까지 다섯 번 더 거래합시다."

"좋습니다!"

"다섯 번의 거래를 동일한 가격으로 계약하려면 현 시세보다는 높아야겠지요?"

"당연한 말씀입니다. 현 시세의 상승 속도를 감안하여 거래 금액을 제시해 주십시오."

돈을 내는 건 FRB, 아니면 미국 정부이다.

게리 론슨의 주머니에선 단 한 푼도 나오지 않는다. 그렇기에 어서 말해보라는 표정으로 고개를 끄덕인다.

"현재의 금값 상승률을 감안하면 다섯 번의 거래를 평균했을 때 톤당 7,100만 달러는 받아야 하는군요."

기존에 비해 약 23.1% 정도 상승된 가격이다. 워낙 수요가 크기에 가파르게 금값이 상승함을 의미한다.

게리 론슨은 동의한다는 등의 별다른 대꾸 없이 바라만 본다. 이에 현수가 말을 이었다.

"미스터 론슨, 금괴 1톤당 7,000만 달러면 만족하시겠습니까? 이는 총 거래 대금 중 25% 정도는 선입금을 해야 가능한 가격입니다."

보증금을 내지 않으면 다른 구매자에게 팔 수도 있음을 의미하는 말이다.

"7,000만 달러라면……."

게리 론슨은 암산을 하는 듯 잠시 말을 끊었다. 그러나 그 시간은 그리 길지 못했다.

"좋습니다. 그 가격에 금괴 10,000톤을 매입하지요. 거래의 확실성을 담보하기 위해 총거래 금액의 25%를 선입금 하도록 하겠습니다.

"톤당 7,000만 달러씩 10,000톤이면 총 7,000억 달러이다. 한화로는 840조 원이다.

이 중 25%라면 1,750억 달러이다.

계약금이 천지건설이 오랜 공을 들여 간신히 수주한 리우 데자네이루 재개발공사 전체 금액보다 훨씬 많다.

현수와 게리 론슨은 어마어마한 금액임에도 눈썹 하나 까닥하지 않는다.

"화끈한 거래군요. 좋습니다. 그 가격에 계약을 하죠. 대신 또 하나의 조건이 있습니다."

"뭐죠?"

"미국에서의 면책특권을 부여해 주십시오."

"그게 왜 필요하신지……? 알겠습니다. 그렇게 하죠."

현수는 거물이다. 러시아 대통령 푸틴에 의해 국제협력담 당 특임대사에 임명되었으니 당연히 면책특권을 가졌다.

그렇기에 방금 전의 요구는 사실상 아무런 힘을 쓰지 않아 도 해결될 일이다. 신임장을 제출한 상대국 대사에게 면책특 권을 주는 것은 상식적인 일이기 때문이다.

현수는 상대가 오해한 듯싶어 말을 이었다.

"제가 요구하는 건 제가 아니라 제 가족에 관한 겁니다."

"아, 그렇습니까? 그럼 누구와 누구입니까?"

"제 아내와 이제 태어날 아기들 정도면 되겠습니다."

부모님은 반둔두 자치령에 머물 것이고, 권철현 고검장 부 부는 에티오피아 아와사 자치령을 맡을 확률이 높다.

미국에 드나들 일이 없으니 굳이 이들의 면책특권은 요구 하지 않은 것이다.

사실 이 요구는 별반 필요 없는 것이다. 유사시 미국으로 몸을 피할 수도 있다 생각하게 하려는 것이다.

게리 론슨은 고개를 끄덕였다. 현수가 미국과 대립되는 관 계를 갖지 않으려는 것으로 이해한 까닭이다.

"알겠습니다. 계약서 작성은 어찌할까요?"

"잠시만 기다려 주십시오. 본국과 통화 좀 해야겠습니다."

"뭐, 그러시죠."

현수가 내키는 대로 하라는 표정을 짓자 게리 론슨은 약간 떨어진 곳으로 가 위성통화를 시도했다.

상당히 먼 거리지만 현수가 엿듣기 마법을 구현시키면 충분히 들을 수 있다. 하지만 그러지 않았다.

별반 특별한 일이 아닐 것이기 때문이다. 통화는 제법 길었다. 하긴 어마어마한 금액을 지불해야 하는 계약이다.

당연히 단번에 결정될 리 없다. 론슨은 통화를 마치고 잠시 쉬었다가 다른 곳과 통화하면서 이것저것을 메모한다.

론슨과 동행한 사내들은 정글을 헤치고 온 차에서 간이 텐트를 꺼내와 정글 안쪽에 설치하곤 경계 근무에 돌입했다.

모두 군복을 걸치고 있는데 인원은 16명이다.

두 명의 장교와 14명의 부사관, 또는 병으로 구성된 네이비 씰(Navy Seal) 팀에서 파견한 한 개 소대인 듯싶다.

잠시 후, 이곳엔 수송헬기 CH—47D 치누크 20대가 올 것이다. 그리고 이곳과 마타디항 사이의 어딘가에 중간 기착지를 만들어 연료 공급 준비를 하고 있을 것이다.

아울러 마타디항엔 미 해군 함정이 대기할 것이다.

"오래 기다리시게 하여 죄송합니다."

"아닙니다. 금액이 크니 당연하죠."

"양해해 주셔서 감사합니다."

"뭐, 이 정도로……. 그나저나 어떻게 되었습니까? 결정된 건가요?"

"네, 그렇게 하라고 하는군요. 계약서를 준비하려면 시간이 조금 걸릴 듯한데 조금 더 기다려 주십시오."

"그러지요."

현수가 흔쾌히 고개를 끄덕이자 론슨은 일행이 있는 텐트로 갔다.

"마나 디텍션!"

마나를 뿜어 반경 2㎞ 내의 상황을 살폈다.

현수는 텔레포트로 이곳에 당도하여 아공간에 담긴 금괴 2,000톤을 꺼내놓았다. 따라서 이곳에 금괴가 있음을 알고 탈취하려는 세력은 있을 수 없다.

그럼에도 사방을 살핀 건 만일을 위한 경계이다. 근방에 반군들이 있을 수도 있기 때문이다.

"흐음!"

반경 500m 내엔 자그마한 짐승 이외엔 없다. 범위를 더 넓혀보니 악어와 표범 등이 느껴진다.

"상당히 수가 많네. 어쩌지?"

악어는 가까이 다가가지만 않으면 안전하다.

하나 표범은 아니다. 은밀히 접근하여 기회를 엿보다 순식간에 숨통을 끊어놓을 맹수이다.

현수는 네이비 씰 팀원들을 살펴보았다.

누군가의 습격엔 대비하고 있지만 맹수들의 접근은 전혀 예상하지 않은 듯 움직인다.

"놈들이 얼마나 있지?"

다시 한 번 디텍션 마법으로 생체들의 숫자를 파악했다.

약 800m 떨어진 습지엔 악어 30여 마리가 있다. 악어는 이 쪽을 전혀 눈치채지 못한 듯하다.

표범들은 바람에서 인간의 냄새를 맡은 듯 어슬렁거리며 다가오고 있다.

아프리카 표범[Panthera pardus pardus]의 수컷은 몸무게 60kg 정도 되고, 암컷은 35~45kg이다.

상당히 덩치가 크다. 거의 대부분 단독생활을 하는데 다가오는 녀석들은 모두 쌍을 이루고 있다.

"흐음! 여덟 마리군."

다가오는 방향도 제각각이라 경계심을 늦추면 당할 우려가 있다.

"어쩌지? 말을 해줘야겠지?"

부산스럽게 정글을 드나들며 무언가 작업을 하고 있는 군인들을 본 현수는 나직이 혀를 찼다.

모두들 총을 들고는 있지만 은밀하게 움직이고 있는 표범을 눈치채지 못하고 시끄럽게 떠들고 있다.

이런저런 생각을 하던 중 묘안이 떠올랐다.

마타디항에 기항 중인 해군 함정은 뉴욕으로 간다. 곧장 가려면 버뮤다 삼각지대를 통과해야 한다.

중미 카리브 해에 위치한 이곳은 세계 10대 금지 가운데 하나로 미국의 마이애미와 버뮤다 제도, 그리고 푸에르토리코 섬을 잇는 삼각형 지대를 이르는 말이다.

1609년 이후 이곳을 지나던 배 17척과 비행기 15대가 실종되었다. 여러 나라에서 원인 파악에 나섰지만 아직도 규명되지 않은 상태이다.

'흐음! 그렇군.'

현수는 머릿속을 스친 생각이 마음에 들었다.

하여 흐뭇한 미소를 지었다. 그러는 사이 계약서가 준비되었다면서 텐트로 오라고 한다.

"미스터 론슨, 이 주변엔 표범이 많아요. 일행에게 주의를 주는 것이 좋을 것 같군요."

"아! 그렇습니까? 잠시만요. 참, 이 계약서 내용 좀 검토해 주십시오."

게리 론슨이 내민 계약서는 전과 다를 바 없다.

15일 간격으로 금괴 2,000톤을 이곳에서 인도하는 것으로 되어 있다.

톤당 7,000만 달러이며, 총 7,000억 달러 중 25%에 해당하는 1,750억 달러를 지정 계좌로 입금해 준다고 되어 있다.

현수는 다섯 개의 계좌번호를 썼다.

이실리프 뱅크 러시아 자치령 지점, 몽골 자치령 지점, 콩고민주공화국 반둔두 자치령 지점, 에티오피아 아와사 자치령 지점과 한국의 이실리프 뱅크 본점이다.

이렇듯 분산시킨 이유는 각각의 자치령을 개발하는 자금으로 쓰기 위함이며, 민주영으로 하여금 원활한 인력 및 장비 수급을 할 수 있도록 해주기 위함이다.

각각의 지점엔 350억 달러씩 입금토록 했다. 한화로 42조 원이다.

잔금은 금괴가 인도될 때마다 즉시 송금토록 했다.

금괴 2,000톤이 인도될 때마다 1,050억 달러를 다섯 개 계좌로 나눠 각각의 계좌로 보내도록 한 것이다.

210억 달러씩 다섯 번이면 각 계좌로 보내는 총액은 1,400억 달러이다. 한국 돈으로 168조 원이니 개발에 필요한 거의 모든 비용이 충당될 것이다.

자치령의 크기에 비해 금액이 적어도 개발이 가능한 이유는 세금을 한 푼도 물지 않기 때문이다.

자동차를 예로 들자면, 한국에선 차를 구매할 때 6가지 세금을 부담해야 한다.

보유 기간 동안엔 추가로 6가지 세금이 더 부과된다.

이를 자세히 살펴보면, 구매할 때 특별소비세, 특별소비세

부가세, 부가세, 취득세, 등록세, 도시철도공채를 부담한다.

보유 단계에선 자동차세, 자동차교육세, 교통세, 교육세, 주행세, 부가세가 붙는다.

자세히 살펴보면 세금에 세금이, 그 세금에 또 세금이 부과되는 것도 있다. 다시 말해 내야 할 세금을 기준으로 거기에 또 다른 세금이 붙고, 다시 이것에 다른 세금이 또 부과되는 것이다.

담뱃값 4,500원을 살펴보면 제조원가와 유통 마진 1,182원을 제외한 나머지 전액이 세금이다.

소비자가격의 73.7%가 세금인 셈이다.

640㎖짜리 맥주의 나라별 세금은 다음과 같다.

한 국 : 50.9%

미 국 : 16.6%

영 국 : 39.7%

독 일 : 19.6%

프랑스 : 19.9%

국가가 상당한 폭리를 취하고 있음을 알 수 있다. 그런데 자치령은 이런 것이 하나도 없다.

예를 들어, 자치령에서 맥주를 만들어 팔 경우 소비자가격은 '생산원가+유통비용'으로 끝이다.

유엔 마약범죄사무국[UNODC]의 자료엔 세계에서 가장 맥주 값이 싼 나라가 베트남으로 기록되어 있다.

500cc당 59센트이다.

이실리프 자치령에선 이보다 싼 30센트, 즉 360원이면 500ml짜리 캔 맥주를 살 수 있게 된다.

2014년 현재 중형 자동차인 소나타 2,000cc급의 가격은 2,255만~2,990만 원이다.

자동차를 자치령에서 생산할 경우 소비자 가격은 270만 6,000~358만 8,000원이다. 이런 가격이 가능한 이유는 단돈 1원도 세금으로 부가되는 것이 없기 때문이다.

세계에서 가장 기름값이 싼 나라는 베네수엘라로 리터당 17원이다. 이실리프 자치령들 또한 이런 가격으로 휘발유를 공급받을 수 있을 것이다.

이런 상황이니 그 정도 돈만 있으면 자치령 개발이 가능하다 여기는 것이다.

어쨌거나 네이비 씰 팀은 경계 자세를 바꾸었다. 현수의 경고를 받아들인 것이다.

현수는 게리 론슨과 더불어 계약서 작성을 마쳤다.

"고맙습니다. 덕분에 제게 부여된 임무를 수행할 수 있었습니다."

계약서에 서명 후 악수를 할 때 게리 론슨이 한 말이다.

"나도 생산된 물량을 빨리 처분하게 돼서 좋습니다. 앞으로도 좋은 관계 유지하도록 합시다."

"네, 물론입니다. 상부에서 이르길, 각각의 자치령에서 얻는 지하자원을 미국도 살 수 있도록 해달라고 하더군요."

현수는 고개를 끄덕였다.

"그야 가격만 맞으면 지금처럼 가져갈 수 있습니다."

"네, 감사합니다. 참, 말씀하신 면책특권에 대한 서류는 저희 대사관을 통해 이실리프 상사로 보낼 것이라 합니다."

"신경 써주어 고맙습니다."

현수가 가볍게 고개를 끄덕일 때 멀리서부터 소리가 들려온다.

두두두두두! 두두두두두!

"아! 오나 봅니다."

시선을 들어 하늘을 보니 금괴 2,000톤을 운반할 치누크 헬기들이 당도했다.

보잉(Boeing)에 인수 합병된 보잉 버톨(Boeing Vertol)이 제작한 중량급 쌍발 수송용 헬리콥터인 이것은 최대 내부 적재량이 1만 2,944kg이다.

한번에 12.9톤을 실을 수 있는 것이다.

안전을 위해 한번에 10톤만 적재하기로 했는데 총 20대이니 한번에 200톤이 운반된다. 따라서 마타디항까지 열 번을 왕복해야 한다.

항속 거리가 1,207㎞인지라 오가며 급유를 받아야 하기에 상당한 시간이 걸릴 일이다.

"미스터 론슨, 이제 인수서에 사인해 주십시오."

"물론입니다."

현수가 가져온 금괴가 순도 999.9‰이며, 총량 2,000톤임은 이미 확인된 사항인지라 론슨은 두말 않고 인수서에 사인한다.

"나는 이만 가보겠습니다."

"괜찮으시겠습니까?"

"네, 물론입니다."

현수가 손짓한 곳엔 모터바이크가 있다. 정글을 헤치고 갈 장비이다.

"그럼 다음에 뵙죠."

현수가 가려는데 네이비 씰 대원 중 하나가 고개를 갸웃거리며 묻는다.

"근데 어떻게 금괴를 이곳까지 가져다 놓은 겁니까?"

"그러게요. 금괴 2,000톤을 운반했는데 길이 너무 멀쩡해요. 그렇지?"

"그러게. 내가 봐도 그러네."

누가 봐도 급조한 티가 확 나는 아주 좁은 도로를 바라보는 씰 팀 대원들이 고개를 갸웃거린다.

비포장도로이니 2,000톤을 운반했다면 움푹 파인 바퀴 자국이 남아 있어야 하는데 너무 멀쩡해서이다.

그러고 보니 이 생각을 하지 못했다. 그럴듯한 길 만들기에 급급했기 때문이다.

하여 합당한 대구를 생각해 내야 한다.

"이 길 말고 다른 접근로도 있습니까?"

아무리 생각해 봐도 이상한 모양이다.

"아뇨. 없어요. 그리고 금괴 운반은 차량을 쓴 게 아닙니다. 작업자들이 등짐을 져서 옮긴 거예요. 알다시피 여긴 정글이라 차량 통행이 어렵잖아요?"

그제야 네이비 씰 대원들이 고개를 끄덕인다.

이곳까지 오느라 고생이 극심했다. 두 대의 험비를 끌고 왔는데 길이 없어서 오는 내내 벌목하느라 힘들었던 것이다.

성능 좋은 전기톱을 사용했음에도 워낙 우거져서 잠시도 쉬지 못했다. 습지도 많아 차에서 내려 일일이 확인하느라 거의 걸어오다시피 했다.

죽인 악어의 숫자만 50여 마리나 된다.

한번은 표범의 공격을 받아 대원 하나가 심각한 부상을 입어 후송된 상태이다. 생각해 보니 이곳까지 오는 건 웬만한 훈련은 저리 가라 할 정도로 힘든 일이었다.

하여 다들 고개를 절레절레 흔든다.

아무튼 현수의 말에 일리가 있다고 느꼈는지 더 이상의 질문은 없었다. 때맞춰 치누크 헬기들이 내려앉기 시작했다.

급하게 만들어진 공터는 20대가 동시에 내려앉을 만큼 넓지 못했다. 하여 10분 간격으로 한 대씩 내려앉았다.

다행히 첫 번째 헬기가 지게차와 드럼통을 매달고 와서 금괴를 싣는 작업은 순조로웠다.

두 번째 헬기가 출발한 직후 씰 팀 대원들은 잔뜩 긴장한 채 전방을 주시하고 있다. 슬슬 어두워지기 시작하는데 표범들이 접근해 오고 있다고 경고해 온 때문이다.

표범의 존재를 알아낸 사람은 헬기 조종사이다. 일부러 저공비행을 하여 근방의 맹수들을 쫓아내려다 알게 된 것이다.

"이쪽으로 오십시오."

게리 론슨과 현수는 씰 대원의 안내를 받아 험비에 탑승했다. 표범이 아니라 사자가 달려들어도 안전하기 때문이다.

"내게도 총 한 자루를 주십시오."

"…그러죠."

게리 론슨이 건넨 것은 베레타 M92이다. 9mm 탄환 15발이 장탄된 자동권총이다.

철컥-!

국방과학연구소 소화기개발팀에서 복무할 때 수없이 만져 본 것인지라 아주 능숙하게 장전을 했다.

　게리 론슨은 권총을 잡은 현수의 그립을 보고 고개를 갸웃거리다 이내 끄덕인다. 한국의 모든 남성은 일정 기간 군복무를 해야 함을 떠올린 것이다.

　"그나저나 표범이 올까요?"

　"배가 고프면 오겠지요."

　"그렇군요."

　고개를 끄덕인 게리 론슨은 창밖을 유심히 살핀다.

　어느새 어둠이 내려앉기 시작하여 약간은 어두워진 상태이다. 하지만 아직은 사물을 충분히 식별할 만큼은 된다.

　"꿀꺽."

　긴장했는지 침 삼키는 소리가 들린다. 이때 현수의 입술이 살짝 움직인다.

　"마나 디텍션."

　샤르르르르―!

　눈에 보이지 않는 마나가 뿜어져 사방으로 흩어진다.

　'우선은 저쪽이군.'

　조심스럽게 접근하는 건 두 마리다.

　그런데 씰 팀 대원들은 반대쪽에 온 신경을 집중하고 있다. 헬기 조종사가 알려준 방향이다.

철컥! 쿵—!

"아! 나가시면 안 됩니다!"

현수가 차에서 내리자 게리 론슨이 자지러질 듯 놀라며 소리친다. 이에 놀랐는지 씰 팀 대원들이 뒤를 돌아본다.

이때 현수는 손짓으로 표범이 다가오는 방향을 알려주었다. 모두들 고개를 갸웃거린다.

헬기 조종사가 알려준 것과 다른 방향이기 때문이다.

표범은 은밀히 다가와 거리를 좁힌 후 느닷없이 달려들어 숨통을 물어 죽이는 사냥 방법을 쓴다. 그렇게 하여 목숨을 끊으면 안전한 곳으로 이동하여 배를 채운다.

현수는 가만히 서서 조심스럽게 접근하는 표범 두 마리를 바라보았다. 놈들은 자신들의 존재가 발각되었다는 걸 알지 못하는 듯 조심스레 다가오고 있다.

얼마나 은밀한지 수풀도 흔들리지 않고 발 디디는 소리도 들리지 않는다.

"드래곤 피어!"

샤르르르—!

"……!"

조심스레 접근하던 녀석들이 흠칫거리며 멈춘다. 그리곤 자세를 낮추는가 싶더니 꽁지가 빠져라 도망쳤다.

느닷없이 거대한 존재감이 느껴졌는데 그 순간 본능적인

두려움이 엄습하자 뒤도 안 돌아보고 도주한 것이다.

"그래, 굳이 죽일 필요는 없지."

나직이 중얼거린 현수는 자세를 바로 하곤 뒤로 돌았다.

긴장된 눈빛으로 현수를 바라보고 있던 씰 팀 대원들은 어이없다는 표정이다.

그리곤 잠시라도 민간인의 의도에 놀아난 자신들이 한심하다는 듯 고개를 돌린다. 현수가 거짓말을 한 거라 생각한 것이다.

이 순간이다.

씰 팀 대원들 옆에서 검은 물체 하나가 튀어 오른다. 목표물은 가장 가까이 있는 대원의 목덜미이다.

타닥! 토옷!

"으웃!"

타앙—!

느닷없이 튀어 오른 검은 물체는 긴장된 표정으로 엎드려 있는 대원의 목을 물려고 쇄도했다. 이를 느낀 대원이 손을 들어 제지하려는 순간 총성이 울렸다.

털썩—!

"으으으!"

검은 물체가 바로 곁에 떨어지며 노린내를 풍기자 대원은 화들짝 놀라며 얼른 뒤로 물러난다. 그리곤 놀란 가슴을 쓸어

내리며 나지막한 신음을 토한다.

모든 대원의 시선이 쏠려 있을 때 현수가 소리친다.

"왼쪽이요!"

타탕! 타타타탕! 타타타탕!

요란한 총성이 울렸지만 표범을 맞추진 못했다.

표범도 놀라고 대원들도 놀라 잠시 멈칫거릴 때 현수가 들고 있던 베레타가 불을 뿜는다.

탕, 타앙―!

털썩! 털썩―!

또다시 도약하던 두 마리 표범의 동체가 떨어지며 낸 소리다.

씰 팀 대원들은 누구의 총에 의해 놈들이 죽었는지를 알기에 놀란 표정으로 현수를 바라보고 있다. 이때 현수가 우측 전방을 가리키며 소리친다.

"두 마리! 나무 위에 있소!"

"……!"

시선을 돌린 대원들은 나무 위에서 뛰어내리려는 표범을 발견하곤 일제히 방아쇠를 당긴다.

타타타탕! 타타타타타탕!

털썩! 털썩―!

인간을 사냥하기 위해 접근하던 표범 두 마리가 이승을 하직하는 소리다.

둘이 떨어지자 대원들은 다시 현수를 바라본다. 또 다가오는 녀석들이 있느냐는 표정이다.

현수는 대원들의 오른쪽을 가리켰다.

"50m 전방! 수풀 속에 은신해 있소."

두르르르! 두르르르르르!

총들이 일제히 화염을 뿜어낸다. 그러자 현수가 가리킨 방향으로 강철의 비가 쏟아졌다.

"그만!"

"……!"

현수가 소리치자 방아쇠에서 손을 뗀다.

"이제 없소."

"정말입니까?"

"근방에는 없습니다."

현수가 고개를 끄덕이자 대원들은 조심스럽게 사방을 살핀다. 잠시 후 죽은 표범들의 사체가 한 군데로 모아졌다.

피 냄새를 맡으면 다른 짐승들이 올 수 있기에 한 군데에 묻으려는 의도이다.

그러다 누군가 나직한 침음을 낸다. 현수의 총에 의해 죽은 표범 두 마리를 본 때문이다.

"허어, 세상에!"

미간 정중앙에서 흘러나온 피가 무엇을 의미하는지 충분

히 짐작된다. 권총으로 살아서 움직이던 두 마리 모두 미간을 맞춘다는 건 웬만한 솜씨로는 어림도 없다.

"이봐, 여기 좀 와봐."

한 대원의 손짓에 다른 대원들이 몰려든다. 그리곤 현수가 잡은 표범을 보곤 모두들 놀란 표정을 짓는다. 나름대로 사격술에 일가견이 있는 대원들이다.

모두 40발을 사격하였을 때 36발 이상 명중시키는 실력을 가졌다.

'피' 나고 '알' 배기며 '이' 갈리는 PRI 훈련의 결과이다.

그 결과 자타가 인정하는 특등 사수가 되었지만 권총으로 이런 결과를 만들어내라고 하면 정지된 표적이라 할지라도 장담할 수 없다.

그런데 현수는 움직이는 맹수를 한 마리도 아니고 두 마리 모두 미간을 쏘아 명중시켰다.

신의 경지에 이른 사격술이 아니라면 불가능한 일이다.

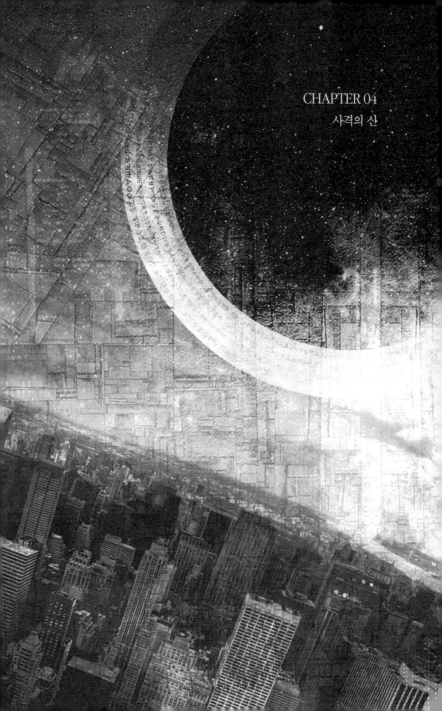

CHAPTER 04
사격의 산

"대체 당신은 누구입니까?"

누군가의 물음에 현수가 피식 웃는다.

"운이 좋았던 겁니다."

굳이 자신을 드러낼 이유가 없기에 한 말이다. 그런데 대원 중 하나가 고개를 갸웃거린다.

"혹시 당신이 'Le dieu du feu' 인 겁니까?"

"그게 무슨 소리야?"

같은 대원이 물었지만 사내는 대꾸하지 않고 현수를 바라보며 말을 잇는다.

"당신 'Un homme sans peur' 이라 불리기도 했죠?"

중간중간 알아듣지 못할 프랑스어가 들리자 누군가 짜증 내며 소리친다.

"아! 대체 무슨 소리냐구! 말을 알아듣게 해!"

"Le dieu du feu는 사격의 신이란 뜻이고, Un homme sans peur는 두려움이 없는 사나이라는 뜻이야. 둘 다 프랑스어지."

"근데 그게 뭐?"

"이곳 콩고민주공화국 군인들은 이 사람을 두려움이 없는 사나이라 부르고, 킨샤사의 경찰들은 사격의 신이라고 불러."

"왜?"

다들 왜 그렇게 부르느냐고 이어서 설명하라 하자 현수를 알아본 대원이 다시 입을 연다.

잉가댐 건설 예정지까지 가는 동안 선두에서 서서 맹수들을 사냥한 이야기와 킨샤사의 호텔 비너스 인근에서 반군과의 총격전이 벌어졌을 때 팔꿈치만을 골라서 사격한 이야기로 이어진다.

외신에 보도된 내용인지라 상세히 알고 있는 듯하다.

모든 이야기를 들은 썰 팀 대원들은 눈을 크게 뜨고 현수를 바라본다.

맹수 사냥이야 그럴 수 있다고 쳐도 시가지 전투를 벌이면서 엄폐 및 은폐한 반군들의 팔꿈치만 골라서 쐈다는 말에는 입을 딱 벌릴 수밖에 없기 때문이다.

도약한 표범의 미간을 맞추는 것만큼이나 어려운 일이라는 걸 너무도 잘 알기 때문이다.

"정말입니까?"

"에구, 어쩌다 보니 그렇게 된 겁니다. 자자, 신경 쓰지 마시고 얼른 헬기나 내리게 하십시오."

표범을 잡는 동안 헬기는 착륙하지 못하고 인근을 배회하고 있었기에 이를 짚어준 것이다.

"아차!"

대원 중 누군가가 무전으로 착륙해도 좋다고 이야기하자 치누크 한 대가 사뿐히 내려앉는다.

기다렸다는 듯 지게차로 금괴를 옮겨놓는 동안 조종사가 내려와 영문을 물었다. 표범을 사냥했다는 말에 놀라면서도 사체를 보고 싶다고 하여 비켜줬다.

"오오! 지저스! 이거 내가 가지면 안 되겠나?"

현수가 미간을 쏘아 잡은 표범을 본 조종사는 가죽이 탐나는 듯 연신 감탄사를 터뜨리며 이리저리 살펴본다.

"함장님도 좋아하시겠는데? 이거 가져가도 되나?"

대원들은 대꾸 대신 현수를 바라본다. 잡은 사람의 허락이 있어야 한다 생각한 모양이다.

"가져가십시오."

"오오! 고맙소."

현수에게 장난스런 경례를 올려붙인 조종사는 표범의 사체를 들으려다 포기한다.

"끄응! 이놈 참. 으으! 엄청 무겁네. 안 되겠어."

씰 팀 대원들은 다시 경계 근무에 들어갔기에 조종사는 팔레트 하나를 가져와 60kg짜리 수컷과 45kg쯤 되는 암컷의 사체를 끙끙거리며 올려놓았다.

그리곤 요모조모를 살핀다.

잘 만하면 흠집 없는 최상급 표범 가죽을 가질 수 있게 된 것이 즐거운지 만면에 미소를 짓고 있다.

잠시 후, 세 번째 헬기가 뜨고 네 번째가 내려앉았다.

"이쪽으로 오십시오, 회장님!"

씰 팀 대원들의 표정과 말투가 달라져 있다. 현수를 자신들보다 상급의 사격술을 가진 사람으로 인정한 때문이다.

대원들은 전투식량으로 끼니를 때웠다. 그리곤 주변의 나무토막을 주워 화톳불을 피웠다. 야간에도 작업이 이어지기 때문에 찾아오기 쉬우라고 불을 피운 것이다.

현수는 혹시 있을지 모를 인명 피해를 막기 위해 아리아니를 은밀히 불러 지시했다.

실라디아와 엘리디아로 하여금 근방의 모든 맹수를 쫓아내도록 한 것이다. 노에디아와 이그드리아는 모기와 같은 곤

충들을 처리했다.

작업은 밤새 이어졌다. 스무 대의 헬기가 열 번을 왕복하려면 최소 이틀은 걸릴 일이다.

현수는 아침 식사로 전투식량을 먹고 물러났다. 보름 후 이 자리에서 다시 만나기로 약속했다.

*　　　*　　　*

앙골라 북부에 자리한 담바(Damba)는 다이아몬드의 주산지이다. 내전이 벌어졌을 때 정부군과 반군이 이곳을 차지하기 위해 치열한 전투를 벌인 바 있다.

담바 인근엔 콴고 강이 있는데 은젠토(N'zeto)를 지나 아프리카 동쪽 바다까지 흐른다.

실라디아로 하여금 적당한 장소의 좌표를 확인한 현수는 텔레포트로 이곳에 당도하여 울창한 수림 한가운데에 금괴가 담긴 상자들을 꺼내놓았다.

그리곤 파라솔 하나를 꺼내 자리를 잡고 앉았다.

아리아니는 울창한 숲이 마음에 드는 듯 이곳저곳을 돌아다니는 중이다. 현수는 느긋하게 앉아 다이어리를 꺼내놓고 앞으로의 일정을 메모했다.

그러고도 시간이 남자 반중력 마법의 나머지 부분을 완성시켰다.

얼마 남지 않은 마무리 작업이지만 결코 쉬운 일은 아니다. 가장 난해한 부분만 남아 있기 때문이다.

하여 지구 최고의 IQ를 가진 현수는 무려 여섯 시간 동안이나 앱솔루트 배리어 속에 머물러야 했다.

물론 타임 딜레이 마법이 구현된 상태이다.

1：180이니 외부 시간으론 겨우 6시간이지만 내부에선 무려 45일이나 침식도 않고 온전히 연구에 몰두하고 있었던 것이다.

온갖 수학적 지식과 고도의 계산 능력, 그리고 완벽한 추론력이 없다면 결코 이루어내지 못할 성과이다.

아무튼 6대 수학 난제보다도 훨씬 난해하던 마법 하나를 완성시켰다. 새로운 마법을 창안해 낸 것과 다름없는 위대한 일이다.

덕분에 우주전함 이실리프호만 완성시키면 완벽한 우주병기를 보유할 수 있게 되었다.

아무런 발사체도 필요 없으며 특별한 발사 장치가 필요한 것도 아니므로 소리 소문 없이 우주의 강력한 무기 하나를 가질 수 있게 된 것이다.

현수는 자신이 완성시킨 반중력 마법을 이실리프 마법서에 기록해 두었다. 고도로 정밀한 마법진을 그려야 하기에 일단 9서클 마법으로 분류하였다.

현수는 기분 좋게 결계 밖으로 나왔다. 그런데 왕리한 일행은 약속한 시간에 당도하지 않았다.

하늘에 구멍이라도 뚫린 듯 엄청난 폭우가 쏟아지고 있었기에 어떤 상황인지 충분히 짐작할 수 있었다.

하여 다시 결계를 치고 안으로 들어갔다. 미처 분류하지 못한 정보들을 차근차근 살펴보기 위함이다.

자료들은 잡다했다.

일본 내각조사처와 공안조사청에서 가져온 것과 지나 국안부 1국과 2국에서 가져온 것만으로도 어마어마한 양이다.

여기에 보잉과 록히드마틴, 그리고 Area 51과 파인 갭 등지에서 가져온 것들도 섞여 있으니 어찌 분량이 적겠는가!

현수는 8시간 동안 결계 안에 머물렀다. 내부 시간으로 무려 60일간이나 자료 분류 작업을 한 것이다.

덕분에 세상의 거의 모든 정보를 접할 수 있었다. 그중엔 한국 정치인들에 관한 것도 많았다.

일본 내각조사처에서 가져온 자료에 많이 있었는데 언론인과 정치인, 그리고 고위 관료와 장성급 군인 중 누가 친일파인지를 확실히 구분해 낼 수 있는 자료이다.

'욱일회(旭日會) 명단' 이란 제목의 자료이다.

'욱일' 이란 본시 '아침에 떠오르는 밝은 해' 라는 의미이다. 하지만 명단을 읽어보니 밝은 태양과는 거리가 멀었다.

제2차 세계대전을 야기한 제국주의 일본의 전범기인 욱일기에서 따온 말이었다.

욱일회 명단을 알기 쉽게 표현하자면 '골수부터 친일파인 자들의 명단'이라는 뜻이다.

현수와 악연인 여당 사무총장 박인재와 같은 당 소속 홍신표 의원의 이름은 당연히 끼어 있다.

자세히 살펴보니 각자의 가계에 대한 기록이 있다.

여당 사무총장이면서 차기 대권을 꿈꾸는 박인재의 아비는 A급 친일파이다.

친일인명사전에도 등록되어 있는 악질 중의 악질이다.

어미는 대표적인 친일 언론인 조아일보 사주의 고모이다.

장인은 독립군들을 소탕하던 만주군관학교 출신이며, 제주 4 · 3사건[1]의 무자비한 진압자이다.

홍신표의 아비 역시 A급 친일파이다. 역시 친일인명사전에 등록되어 있다. 왜정시대 때 순사였는데 독립군에게 무자비한 고문을 가한 악질 중의 악질이다. 고문 과정에서 알게 된 첩보로 독립자금을 꿀꺽한 바 있다.

어미는 남편이 가져온 돈으로 서민들을 대상으로 고리대금업을 하여 담보로 잡은 토지를 집어삼킨 년이다.

---

1) 제주 4 · 3 사건 : 1948년 4월 3일에 발생한 소요 사태 및 1954년 9월 21일까지 제주도에서 발생한 무력 충돌과 진압 과정에서 주민들이 희생당한 사건.

이 밖에 여성 정치인 가운데에도 친일파가 있다.

이년의 외조부 역시 왜정시대 때 순사였다. 독립군과 그 가족에게 씻을 수 없는 만행을 저지른 악질이다.

이 과정에서 많은 돈을 벌었고, 그 돈으로 사위인 이년의 아비에게 학교를 설립해 주었다.

학교 사업으로 돈을 벌자 6개 법인으로 무려 17개 학교를 설립했다.

이들 학교에선 온갖 종류의 불편부당한 일이 벌어지고 있으며, 사학 비리가 만연해 있다. 돈 받고 교사를 임용하는 건 애교에 가까울 정도로 썩은 내가 진동한다.

현수는 내친김에 국가의 미래를 위해서 반드시 솎아내야 할 인사들의 명단을 기록해 두었다.

299명의 국회의원 가운데 무려 49명이 명단에 포함되어 있다. 전체 중 약 16.4%이다.

현역 국회의원뿐만 아니라 이미 정계를 은퇴하였거나 밀려나 있는 인물 가운데에도 상당히 많은 수가 있었다.

일일이 따져보니 전·현직 국회의원 중 447명이 친일파이다. 대한민국의 국익보다는 일본과의 관계 내지는 일본의 이익을 우선시하던 놈들이다.

이런 놈들에게 국정과 입법을 맡겼으니 고양이에게 생선 가게를 맡긴 것이나 다름없다.

지난 16대 국회 때 '친일재산환수법'이 상정되었다. 친일 행위로 얻은 재산을 국고로 환수하겠다는 법이다.

당시 열린우리당은 100% 찬성표를 던졌고, 한나라당은 149명의 의원 중 100명이 반대하였으며, 자민련도 9명이 반대했다. 그 결과는 부결이었다.

17대 국회 때 다시 이 법이 상정되었다.

열린우리당 100% 찬성, 민주노동당 100% 찬성, 민주당 100% 찬성이었고, 한나라당은 100% 반대했다.

개표 결과 가결되었지만 반대한 자들은 어느 나라 국회의원이며 역사의식은 있는지 심히 의심스런 자들이다.

어쨌거나 욱일회 명단에 기록된 자들의 총 수효는 3,137명이다. 정치인, 언론인, 기업인, 법조인, 관료, 군인, 경찰, 교사 등이다.

욱일회 명단 이외에도 '働き手名簿'란 것도 있다.

はたらきて めいぼ(하타라키테 메이보)라 읽히는 이것은 '유능한 일꾼 명부'라는 뜻이다.

자세히 살펴보니 국내 조폭 가운데 일본에서 명이 떨어지면 언제든지 폭력을 휘두를 자의 이름이 많다.

그런데 아주 구체적이다.

**지역 **파, 행동대장, 특기, 성명, 나이, 주소, 전화번호, 가족 사항 등이 모두 기록되어 있다.

조폭뿐만이 아니다. 비교적 사회적 지위가 낮은 자들이 망라되어 있다. 유사시 유인, 납치, 암살 등의 역할 중 어떤 것을 맡아 할 수 있는지도 기록되어 있다.

　이 명부에 있는 자의 수효는 4,113명이나 된다.

　이들의 명령을 받아 실제 행동을 할 조무래기들은 뺀 숫자이니 얼마나 많은 쓰레기가 대한민국에서 숨 쉬고 있는지 충분히 짐작된다.

　현수는 이 명단을 따로 뽑아두었다.

　시간 날 때 대한민국으로부터 영원히 격리시킬 생각이다. 이들이 갈 곳은 지옥도이다.

　실종 처리된 일본의 각료들과 재특회 놈들이 당한 것과 똑같은 고통을 겪으며 비명을 지르다 죽게 될 것이다.

　그런데 아무리 생각해 봐도 부족하다는 느낌이다.

　일본 놈들에게 있어 한국은 다른 나라이니 집어삼키려는 대상이 될 수 있다. 하지만 이놈들은 자기가 태어나서 자란 나라에다 대고 반역을 행한 자들이다.

　그것도 국민을 대표하는 국회의원으로 선출되어서 한 짓이다. 그런데 고작 총알개미가 주는 고통만으로 끝내려니 왠지 찝찝하다.

　"흐음! 아서궁(餓鼠宮) 정도면 되려나?"

　아서궁은 사람의 손발을 결박한 뒤 굶주린 쥐들과 함께 관

속에 넣고 뚜껑을 덮어버리는 형벌이다.

현수의 생각은 이러하다.

친일반역자들을 데려다 놓고 대인 마법인 홀드 퍼슨과 킨 센스(Keen sense) 마법을 걸어놓는 것이다.

홀드 퍼슨은 꼼짝 못하게 하는 것이고, 킨 센스는 감각이 고도로 예민해지게 하는 것이다.

이런 상태에서 총알개미에게 당하면 보다 큰 고통을 느낄 것이다. 여기에 쥐 떼를 플러스하는 것은 어떤가 싶다.

악취 풍기는 굶주린 쥐 떼가 달려들어 신체 곳곳을 뜯어 먹는 고통 정도는 줘야 속이 풀릴 것 같다.

"그 정도로 되려나? 뭔가 조금 부족한데."

친일파 놈들은 죽어서 쥐의 먹이가 되기 직전까지 끊임없는 고통을 겪게 하여야 한다.

하여 잠시 어떤 형벌이 좋을지에 대해 골몰하였다.

이때 멀리서 다가오는 일행이 있다.

왕리한 국장 일행일 것이다. 결계를 해지한 현수는 느긋하게 앉아 일행이 다가오기를 기다렸다.

"왕 국장님, 오랜만입니다. 조금 늦으셨네요."

"네, 김 회장님! 죄송합니다. 비가 너무 많이 와서……."

"그럴 수도 있죠. 고생 많으셨습니다."

"네, 조금요. 그나저나 여전하시군요. 참, 동영상 잘 보았습니다. 정말 대단하시더군요."

"네?"

대체 무슨 동영상이냐는 표정을 짓자 왕리한 지나 통상부 국장은 엄지손가락을 추켜세운다.

"축구만 잘하는 줄 알았는데 야구까지……! 대체 어떻게 운동을 하기에 그런 건지, 정말 대단하십니다."

"아! 그거요?"

핸더슨이 찍은 동영상은 신화창조 티저 영상에는 미치지 못하지만 상당한 조회수를 기록하고 있다.

인간이 171.3km/h의 공을 던졌다는 입소문 때문이다.

현수는 계면쩍어 웃으며 금괴를 덮고 있는 위장막을 벗겼다. 누런 황금 1,000톤이 드러나자 왕리한의 눈이 커진다.

현수가 없었다면 2014년 현재 대한민국의 금 보유량은 104톤에 불과하다. 그래도 세계 34위에 해당된다.

지금 왕리한의 눈앞에 놓인 금괴는 대한민국이 보유하고 있어야 할 양의 9.6배에 해당된다.

당연히 이만한 황금을 본 적이 없다. 하여 눈을 크게 뜨고 있다. 금이 금 같지 않아서일 것이다.

그러거나 말거나 현수는 위장막을 접었다.

"예상보다 채굴과 제련이 빨랐죠? 모두 합쳐 1,000톤입니다. 확인해 보시죠."

"네, 그럼……."

왕리한 국장이 손짓하자 대기하고 있던 인원이 우르르 달려가 금괴를 확인한다.

한쪽에선 비중 테스트를 하고, 다른 한쪽에선 토치로 금괴를 녹여 검사한다. 가짜가 판치는 지나에서 온 사람답게 확실하게 확인하는 모습이다.

그 모습을 현수가 바라보고 있자 왕리한 국장은 미안한 마음이 든다. 상대를 믿지 못해 이렇게 한다는 느낌을 줄 수 있기 때문이다.

"김 회장님, 잠시 이쪽으로 오시지요."

왕리한 국장이 손짓한 곳엔 탁자와 의자가 놓여 있다.

"날씨가 많이 덥죠?"

왕 국장은 다한증 환자인지 연신 손수건으로 땀을 훔친다.

"네, 여긴 정말 덥네요."

왕리한은 고개를 끄덕이며 손수건을 주머니에 쑤셔 넣은 뒤 들고 있던 가방에서 뭔가를 꺼낸다.

"이건 뭡니까?"

"제가 전에 듣기로 금광 생산량이 상당하다고 들었습니다. 이건 추가 구매 계약서입니다. 더 있으면 더 사고 싶어서요."

"그래요? 금이 왜 이렇게 많이 필요… 아, 아닙니다. 나는 그냥 많이 팔기만 하면 되니까요."

짐짓 너스레를 떤 현수는 계약서에 시선을 주었다.

"구매 의향 금액이 현 시세에 맞춰져 있군요. 요즘 계속해서 금값이 상승하는데……."

"그렇죠."

"현재의 금값 상승률을 감안하면 추가 구매를 요청하신 4,000톤의 평균 거래금액은 톤당 7,200만 달러가 적당할 것 같은데, 어떠십니까?"

"톤당 7,200만 달러요?"

왕리한은 예상치 못한 금액인 듯 눈을 크게 뜬다. 그러거나 말거나 현수는 당연하다는 듯 고개를 끄덕인다.

"요즘 금값이 급등하고 있잖습니까. 그리고 보름에 한 번씩 1,000톤을 거래하면 마지막 거래는 두 달 후가 되는데 그때 가격은 아무리 적게 잡아도 7,400만 달러 정도가 될 것 같습니다. 안 그렇게 생각하십니까?"

미국과 일본, 그리고 지나는 암암리에 금을 매입하려 혼신의 노력을 기울이고 있다.

매입하려는 양이 워낙 많기에 금 시세가 급등하는 중이다.

현수는 주간별 국제 금 시세 그래프에 같은 기울기로 선을 그었다. 그러자 두 달 후 금값은 약 7,430만 달러 정도로 예상된다.

왕리한이 생각할 때 금 시세는 앞으로도 급등할 것이다.

현재의 기울기보다 조금만 더 가팔라지면 두 달 후 금값은 톤당 8,000만 달러가 될 수도 있다.

"그, 그렇지요."

왕리한은 기울기가 더 가팔라질 수 있음을 이야기하지 않았다. 그럼 매입가가 더 오르기 때문이다.

현수는 잠시 왕리한의 얼굴을 바라보았다. 그러다 뭔가 결심했다는 듯 고개를 끄덕이곤 말을 이었다.

"그럼 이렇게 합시다."

"네?"

"추가 매입할 4,000톤에 대한 대금은 톤당 7,000만 달러로 하죠."

"네에?"

갑자기 금액이 확 낮춰지자 왕리한은 무슨 의도냐는 표정으로 시선을 맞춘다.

"결재는 전처럼 위안화로 할 겁니까?"

"그, 그렇죠."

왕리한은 말을 더듬는다. 지나에 달러가 없다는 소문이 나면 엄청난 타격을 입기 때문이다.

"그럼 전처럼 추가로 0.5%를 더 주셔야 합니다."

"그건… 네, 알겠습니다. 그렇게 하죠."

왕리한이 고개를 끄덕인 것은 이유가 있다.

톤당 8,000만 달러가 될 수도 있음에도 7,000만 달러로 약 12.5%나 감액된 금액을 제시한다.

그런데 고작 0.5% 추가한 것을 따지고 들면 거래 자체가 틀어질 수 있음을 직감한 때문이다.

"그리고 대금은 전액 선입금 해주십시오."

"네? 선입금이요?"

0.5%가 추가되었으니 톤당 7,035만 달러이다.

그렇다면 총액은 2,814억 달러이다. 한화로 337조 6,800억 원이다. 지난번 거래보다 약 22%나 올라간 가격이다.

대한민국 1년 예산에 버금갈 거금을 먼저 입금하라는 현수의 말에 왕리한은 잠시 말을 끊는다.

"아니면 매 거래할 때마다 그때의 국제 금 시세로 하셔도 됩니다. 그때는 금과 돈을 맞교환하는 걸로 하구요."

현수가 짐짓 어찌 되든 괜찮다는 표정을 짓자 왕리한은 얼른 고개를 끄덕인다.

다른 데서는 대량으로 금을 구할 수도 없는 상황이다. 금 시세가 자꾸 올라가니 내놓지 않으려 하기 때문이다.

수요는 엄청난데 공급은 찔끔찔끔 나오는 상황이다.

그런데 금을 좋아하는 자국민은 계속 골드바를 찾는다.

금값이 계속 상승하고 국제 경기가 심상치 않으니 일찌감치 안전 자산인 금을 보유하려는 욕구 때문이다.

이에 공상은행은 쩔쩔매고 있다.

은행장 이하 모든 중역들이 나서서 전방위로 골드바 구하기 작전을 펼치고 있음에도 국민의 요구 중 겨우 20% 정도만 만족시키는 상황이다.

현수는 국가가 아닌 개인이라 돈만 받고 물건을 주지 않을 경우 곧장 그에 합당한 보복을 가할 수 있다.

목숨을 앗을 수도 있고 콩고민주공화국과 러시아, 그리고 몽골과 에티오피아에서 얻은 조차지를 빼앗을 수도 있다.

그러면 충분히 돈을 회수할 수 있다는 계산을 마친 왕리한이 고개를 끄덕인다.

"잠시 본국의 허락을 받아야겠습니다."

"그러시죠."

현수는 흔쾌히 고개를 끄덕였다.

왕리한이 통화하는 동안 같이 온 자들의 금괴 품질에 대한 조사가 끝난 듯하다.

현수는 나서지 않고 느긋하게 앉아서 기다렸다.

"아, 오래 기다리시게 하여 죄송합니다."

"괜찮습니다. 허락은 떨어졌나요?"

"그렇습니다. 원하시는 계좌로 즉시 선입금 해드리겠습니다. 대신 일정을 가능한 한 당겨 주셨으면 좋겠습니다."

금에 대한 요구가 감당하기 힘든 수준이 된 듯하다.

"그러죠. 저도 빨리 건네주는 편이 좋으니까요. 그나저나 품질은 어떻다 합니까?"

"아주 좋다고 합니다."

왕리한은 한시름 덜었다는 표정으로 고개를 끄덕인다.

말을 마친 왕리한이 손짓하자 준비해 놓은 트럭으로 금괴 운반을 시작한다. 작업 인원은 40여 명이다.

보안 유지 때문에 인원수가 적다고 한다. 그런데 지나인 아니랄까 봐 인력으로 상차 작업을 한다.

40명이 1,000톤을 운반하는 것이니 1인당 25톤을 운반해야 한다. 금괴 하나당 10㎏으로 제작하였으니 한 번에 두 개를 운반하는 것이 고작이다.

1인당 1,250번이나 왕복해야 상차 작업이 끝나는데 시간이 얼마나 오래 걸리겠는가!

잠시 이를 지켜보던 현수가 한마디 했다.

"지게차 한 대 가져다 놓는 게 좋을 겁니다."

"…네, 그러지요. 그렇게 하겠습니다."

왕리한 역시 어느 세월에 다 싣나 하는 표정으로 작업자들을 바라본다.

이곳으로부터 콴고강 강가까지 운반하면 거기서 다시 한 번 인력으로 하차하여 선적하는 작업도 해야 한다.

그때 또 1,250번을 왕복하면 파김치처럼 늘어질 것이다.

왕복하는 거리를 10m로 잡았을 때 20㎏에 해당하는 금괴 두 개를 들고 25㎞를 걷는 것과 같기 때문이다.

그런데 지금 작업하는 걸 보면 금괴와 트럭 사이의 거리는 거의 30m이다. 울창한 밀림 때문이다.

콴고강에선 이 거리가 더 길어질 것이다. 차에서 배까지 아무리 적게 잡아도 40m는 될 것이다.

평균 잡으면 왕복 거리가 70m이다. 이걸 2,500회 반복하면 175㎞로 맨몸으로 걷기도 힘든 거리다.

군대를 다녀온 사람은 안다.

20㎏짜리 군장을 메고 100㎞를 행군하는 것이 얼마나 힘든지를.

그런데 그 거리의 거의 두 배를 걸어야 한다. 날씨는 덥고 금괴는 무겁다. 게다가 땅은 비 때문에 진창이다.

하여 작업자들은 벌써부터 땀으로 범벅이 되어 있다.

얼마나 힘든지 헐떡이는 숨소리가 멀리 떨어져 있는 현수의 귀에도 들린다.

"헉헉! 쓰벌, 이거 더럽게 무겁네."

"그러게! 헉헉! 이렇게 무거운 줄 알았으면 꾀병이라도 부려서 빠지는 건데."

"그래! 그놈의 휴가가 뭔지. 빌어먹을! 내 다시는 이런 작업에 지원 안 한다."

이들은 지나의 특수부대 소속 중사와 상사들이다.

아프리카 구경을 하는 동안 잠깐 동안 작업하면 각각 보름 간 휴가를 준다는 소리에 혹해서 이번 일에 지원했다.

오는 동안은 좋았다. 생전 처음 외국으로 나와 다소 들뜬 기분으로 밤마다 좋아하는 술을 마실 수도 있었고, 동료들과 마작을 즐길 수도 있었다.

이 작업만 마치면 임무 끝, 휴가 시작이라 생각했는데 너무 나 고되다. 그렇기에 투덜거리며 작업에 임하고 있다.

현수는 땀에 절어 고개를 절레절레 흔드는 작업자들을 보 곤 작별 인사를 했다.

"다음엔 꼭 지게차를 준비하시길."

"네, 그러겠습니다."

CHAPTER 05
추가 구매 하겠습니다

"또 뵙습니다."

일본 중앙은행 외환 담당 팀장 가와시마 야메히토가 깊숙이 허리를 숙인다.

"네, 반갑습니다."

가볍게 고개를 끄덕인 현수는 금괴를 담고 있는 컨테이너를 활짝 열어젖혔다.

번쩍이는 금괴가 드러나자 가와시마 야메히토의 눈빛이 번쩍인다. 드디어 금괴를 구한 때문이다.

일본 정부는 암암리에 금괴 확보 작전에 돌입했다. 그런데 쉬운 일이 아니다.

금값이 계속 오르니 보유자가 내놓지 않으려는 때문이다. 웃돈을 준다고 해도 소용이 없다. 그 끝이 얼마인지는 아무도 모르기 때문이다.

결정적인 것은 달러화가 아닌 엔화로 결재한다는 이유 때문이다. 아베노믹스 때문에 가치 하락이 진행되고 있는 엔화는 안전한 자산이 아닐 수 있으니 당연한 일이다.

1974년 4차 중동전쟁이 발발하기 직전의 유가는 배럴당 20달러였다. 2014년 1월의 달러 가치를 기준으로 한 인플레이션 보정 가격이다.

이때부터 급격하게 상승한 유가는 1979년 12월이 되자 배럴 당 115.89달러까지 올라갔다.

약 5.8배나 오른 것이다.

이때를 기점으로 점차 하락한 유가는 1998년이 되자 16달러 수준으로 하락했다.

한참을 올랐다가 무려 86%나 폭락한 것이다.

그러다 다시 상승한 유가는 2008년 6월이 되자 135.04달러까지 치솟았다. 8.44배나 급등한 것이다. 수요와 공급, 그리고 불안한 국제금융시장이 어우러져 빚어낸 결과이다.

유가만 이런 것이 아니다.

2000년과 2008년을 비교해 보면 약 네 배가량 금값이 폭등했다. 그리곤 다시 하락하고 있었는데, 미국과 일본, 그리고 지나에서 금을 잃어버린 후 무섭게 가격이 치솟고 있다.

1980년 1월 3일엔 하루에 13.3%나 폭등했다.

그리고 18일 후, 당시 최고점을 기록했다. 두 달 전 가격의 1.89배로 급등한 것이다.

지금 금을 보유하고 있는 사람들은 이런 상황을 즐기고 있다. 그래서 금을 구하기 힘들었는데 무려 1,500톤이나 확보했으니 어찌 눈을 크게 뜨지 않을 수 있겠는가!

"함량 확인부터 하시죠."

"네, 알겠습니다. 이봐, 모리!"

"네!"

"함량 분석 실시해."

"네!"

모리라는 사내는 무작위로 금괴 열 개를 추려냈다.

"저쪽 컨테이너를 쓰십시오."

현수가 손으로 가리킨 곳은 천지약품이 임시 사무실로 사용하는 곳이다.

"하이! 감사하므니다."

고개를 숙인 모리와 그 일행이 컨테이너로 들어가 여러 도구를 이용해 검사를 실시한다.

"함량 검사가 끝나면 곧바로 대금을 지불하겠습니다."

"네, 그러세요."

현수가 고개를 끄덕이자 가와시마 야메히토가 한 발짝 다가오더니 나직한 음성으로 말한다.

"다시 한 번 말씀드리지만 이 거래는 극비입니다. 외부에 알려지지 않도록 각별히 주의를 기울여 주십시오."

"알겠습니다. 그렇게 하죠."

고개를 끄덕이자 가와시마 야메히토는 이제야 안심이 된다는 듯 손수건을 꺼내 이마에 흐른 땀을 닦아낸다.

"그나저나 조금 더 만들어주실 수는 없는지요?"

"네? 2차분 1,500톤이 있는데 더요?"

현수는 일본이 얼마만큼 많은 금을 필요로 하는지 가장 잘 알고 있는 사람이다. 그럼에도 짐짓 모르는 척 눈을 크게 뜨자 가와시마 야메히토가 고개를 끄덕인다.

"가능하시다면 3차분, 4차분까지 구매했으면 합니다."

"그럼 3,000톤을 추가로 하자고요?"

더욱 놀란 척을 하자 가와시마 야메히토는 크게 고개를 끄덕이며 입을 연다.

"가능하시다면 꼭 좀 부탁드립니다."

"일본에 무슨 일 있어요?"

"아뇨! 일은 무슨! 그런 거 없습니다!"

갑자기 음성이 커지는 가와시마 야메히토를 본 현수는 내심 실소를 터뜨린다. 홀연 방귀 뀐 놈이 성질낸다는 말이 생각나서이다.

"그런데 웬 금을 그렇게 많이 필요로 해요? 나야 파는 입장이니 한꺼번에 많이 팔아서 좋기는 하지만……."

"아, 그건… 달러화의 유동성이 너무 커서… 안전 자산이 필요해서 그렇습니다."

"달러화의 유동성이 커요?"

"아시잖아요. 미국이 양적완화정책을 펼치는 거."

가와시마 야메히토는 말을 해놓고 슬쩍 현수의 눈치를 본다. 국제금융이 불안전하여 안전 자산이 필요한 상황이다.

금을 가지고 있는 것이 돈을 가지고 있는 것보다 낫다는 뜻이니 자칫 안 팔겠다고 할 수도 있기 때문이다.

현수의 안색이 슬쩍 변하자 가와시마 야메히토는 얼른 다시 입을 연다.

"김 회장님은 자치령 개발 때문에 처분하셔야 하죠?"

현금이 필요할 테니 팔라는 뜻이다.

"나야 뭐… 그렇죠."

현수가 고개를 끄덕이자 그제야 가와시마 야메히토는 안심이 된다는 듯 나직하게 한숨을 쉰다.

이곳은 마타디항 컨테이너 야드이다.

천지약품 전용 야드인지라 별도의 출입구가 만들어져 있

고, 열쇠는 천지약품에서 보관하고 있다.

천지약품 본사는 여전히 킨샤사 외곽에 있는데 한창 짓고 있는 본사 건물과 창고, 그리고 판매장 등은 치외법권 지역으로 선포되었다.

이곳 전용 컨테이너 야드 또한 그러하다. 따라서 콩고민주공화국 관리들의 허가 없이도 언제라도 드나들 수 있다.

물론 가에탄 카구지의 배려이다.

지금 시각은 오후 3시다. 아무도 가까이 올 수 없기에 대낮에 금괴 인도를 시도하려는 것이다.

항구엔 화물 선적을 기다리는 일본 화물선이 와 있다. 내각조사처가 운용하는 배일 것이다.

"팀장님, 물건은 확실합니다. 선적 시작할까요?"

"잠시만!"

가와시마 야메히토가 어디론가 전화를 걸기 위해 잠시 자리를 비웠다. 그리고 얼마 지나지 않아 되돌아왔다.

"회장님, 잔금 송금했습니다. 확인 부탁드립니다."

"그러죠."

현수는 노트북을 꺼냈다.

10조 4,343억 원에 해당하는 엔화가 이실리프 자치령 아와사 지점으로 송금되었음을 확인할 수 있었다.

"2차 것은 그렇다 치고, 추가하기로 한 3차와 4차 대금은 언제 보냅니까?"

"그건 며칠 이내에 송금될 겁니다. 워낙 금액이 커서요."

조금 전 가와시마 야메히토와 현수는 추가로 거래하기로
한 3,000톤에 대한 가격 협상을 마쳤다.

지나와 마찬가지로 톤당 7,000만 달러이며 엔화 결재 시
0.5%가 추가되는 것으로 합의했다.

물론 전액 선입금이다.

톤당 7,035만 달러이니 3,000톤의 가격은 2,110억 5,000만
달러이다. 한화로 환산하면 253조 2,600억 원이다.

미국과 지나, 그리고 일본으로부터 추가하기로 한 거래의
총액은 1조 1,924억 5,000만 달러이다.

미국은 거래 대금의 25%를 선입금 하라 하였고, 일본과 지
나는 100% 선입금이다.

총액 6,674억 5,000만 달러이니 한화로 800조 9,400억 원에
해당된다. 실로 어마어마한 금액이다.

현수는 빵빵해질 통장 잔고를 생각하며 웃음 지었다.

돈도 돈이지만 한국의 정세와 관계 깊은 미국, 일본, 지나
가 처할 곤경에 흡족하기도 하다.

천조국이라 불리는 미국이라 할지라도 7,000억 달러가 사
라지면 타격이 클 것이다.

거의 모든 달러화를 잃은 일본도 2,110억 5,000만 달러에

해당하는 엔화가 허공으로 흩어지면 난리가 날 것이다.

당분간은 독도에 대한 욕심도 부리지 못할 것이다.

지나 역시 그러하다. 2,814억 달러에 해당하는 위안화를 지불했는데 또다시 도난 사고가 벌어지면 맥이 풀릴 것이다.

동북공정이 올 스톱되는 일이 벌어질 수도 있다.

뿐만이 아니다.

세 나라 모두 보유하고 있던 금을 모두 잃었다는 소문과 더불어 일본과 지나가 보유한 외환이 거의 제로에 가깝다는 사실이 번지면 일파만파로 세계 경제를 위협할 것이다.

또다시 대공황이 올 수도 있다.

그런데 이럴 경우 아무런 죄도 없는 다른 나라들까지 곤경에 처하게 된다. 스페인, 아일랜드, 그리스 등 경제 위기를 겪고 있는 나라들은 폭삭 주저앉을 수도 있다. 따라서 사실을 확인해 주는 건 웬만해선 자제해야 할 일이다.

"좋습니다. 선적 시작하십시오."

현수의 허락이 떨어지자 항만 하역 장비의 꽃인 컨테이너 크레인이 스르르 움직인다.

"그래, 이렇게 해야지. 하나씩 옮겨서야……."

지나의 군인들이 투덜대던 모습을 떠올린 현수는 고개를 끄덕이며 주변을 살폈다.

한쪽에선 한국에서 당도한 의약품 하역 작업이 이루어지고 있다. 몹시 부산하다. 그런데 눈에 익은 사람이 보인다.

현수는 가와시마 야메히토와 헤어져 하역 작업이 진행되는 곳으로 향했다.

하역 작업을 감독하던 사내가 현수를 알아보고 얼른 허리를 꺾는다.

"아! 어서 오십시오, 회장님!"

"네, 수고 많으시네요. 근데, 정승준 씨 아닙니까?"

"네, 맞습니다. 그간 안녕하셨지요?"

현수가 예상한 대로 계룡산에서 처음 만난 정승준이다.

차원이동 마법으로 아르센 대륙을 갔다 올 때를 기다렸다 도술을 가르쳐 달라며 매달리던 다소 엉뚱한 사내이다.

그 후에 다시 만난 건 지난해 7월 23일 이실리프 상사에서 치러진 채용 면접 때다.

당시 정승준의 면접 번호는 2158번이었다.

또 하나 인상 깊은 것은 정승준의 바로 곁에 긴장된 표정으로 재일교포 아가씨 김나윤이 앉아 있었다는 것이다.

현수는 2013년 6월 초에 임진왜란의 전범 도요토미 히데요시가 감춰둔 금을 가지러 일본에 간 바 있다.

모든 금괴를 아공간에 담고는 2차 세계대전을 획책한 A급 전범들의 위패가 합사된 야스쿠니 신사를 붕괴시켰다.

어스퀘이크와 파이어 스톰으로 신사는 잿더미가 되었다.

화재신고를 받은 인근 소방서에서 긴급출동을 했지만 건진 건 아무것도 없었다.

다음 날, 치요다구 치요다(東京都 千代田区 千代田) 1-1번지에 자리 잡고 있는 서거(鼠居) 또한 붕괴시켰다.

왜놈들의 정신적 지주가 편안한 삶을 사는 꼴이 보기 싫어서이다. 불행히도 쥐새끼들의 두목은 북해도 별장에 있어 화를 면했다고 한다.

많은 마나가 소모된 일인지라 차분히 앉아 소모된 마나를 보충시켜야 했다. 그리곤 허기를 느끼고 밥을 먹으러 갔다가 만난 여인이 바로 김나윤이다.

그때 나윤의 부친 김상용 씨는 딸의 미모를 탐내던 야쿠자에 의해 부상을 입어 병원에 입원해 있었는데 현수에 의해 구함을 받은 바 있다.

면접 때 나윤은 프랑스어를 전공했지만 통역보다는 주방에서 일하기를 원했다.

어쨌거나 정승준은 이실리프 상사의 직원으로 파견되었다. 맡은 임무가 뭔지는 모르지만 여기에 있을 사람은 아니다.

본격적인 자치령 개발을 위한 준비팀 내지는 실사팀, 혹은 진행팀에 배속되어 있어야 하기 때문이다.

"정승준 씨가 왜 여기에 있습니까? 여긴 천지약품 전용 야드잖아요."

"네, 맞습니다, 회장님."

"천지약품 소속이 아니면 여기 있으면 안 되는 거 아닌가요? 그렇죠? 혹시 몰랐어요?"

"아뇨. 잘 알죠. 근데 회장님께서 제 소속을 천지약품으로 바꾸라 하지 않으셨습니까?"

"그래요? 내가 그랬어요?"

현수는 고개를 갸웃거렸다. 그러다 문득 이춘만 사장과 통화할 때를 떠올렸다.

본인이 이루고자 하는 목표를 위해 10년간 입산수도를 할 정도로 심지 굳고 성실한 사람이 있으니 잘 가르쳐서 아디스아바바 지사를 맡기는 것은 어떻겠느냐고 했다.

"네, 회장님이 지시하셔서 천지약품으로 자리를 옮겼고, 현재 수입부 대리로 근무 중입니다."

"아, 그래요?"

천지약품 또한 계열사이니 어디에 있든 무슨 상관이 있겠는가 싶어 고개를 끄덕이곤 말을 이었다.

"일은 할 만해요? 수입부라고 했는데 맡은 일은 뭡니까?"

"근무 여건은 좋죠. 그리고 제가 맡은 일은 한국으로부터 오는 의약품의 품질 및 수량을 확인하는 겁니다."

"아, 그래요? 요즘은 어떤가요? 수입되는 양이 전보다 줄

었지요?"

현수는 천지약품에 정신을 분산시킬 여유가 없었다. 그렇기에 요즘 어떻게 돌아가는지를 몰라 물은 말이다.

"아뇨. 수입되는 물량은 거의 일정합니다. 소매점들의 주문량이 꾸준하니까요. 그나저나 고맙습니다."

"네? 뭐가요?"

"김나윤 사원을 수입팀에 배속시켜 주서서 일 처리가 아주 편합니다. 제가 프랑스어를 모르거든요."

"김나윤 사원도 천지약품 소속인가요?"

"아뇨. 나윤 씨는 이실리프 상사 소속이죠. 지금은 파견 나와서 저희 천지약품을 돕고 있습니다."

정승준의 말대로 김나윤은 파견 근무 중이다. 콩고민주공화국 관리들과 대화할 때 통역이 필요한 때문이다.

"그런가요?"

현수는 일선에서 벌어지는 세세한 일까지는 알 수 없기에 고개만 갸웃거렸다.

이춘만 사장은 현재 아디스아바바에 가 있다. 천지약품 소매점 계약 때문이다. 에티오피아 정부의 도움과 킨샤사에서의 경험을 바탕으로 착착 진행되고 있다.

그러는 동안 이곳의 업무 전반을 정승준에게 맡겼다.

직책은 대리이고 수입팀에 속해 있지만 실무 전반을 아우르는 중이다. 전에 이야기된 대로 아디스아바바 지사의 책임자로 발령 내기 위함이다.

"회장님, 뵌 김에 현황 보고드릴까요?"

"수입팀이라며 그런 것도 가능한 겁니까?"

"가능합니다. 보고드려요?"

"…그래요? 그럼 그러죠."

"저쪽으로 가시죠."

정승준이 손짓한 곳엔 현장 사무소가 지어져 있다. 컨테이너 박스가 아니라 제대로 단열 처리를 한 건물이다.

아무런 예고도 없이 만나 하는 보고임에도 정승준은 밤새 준비라도 한 듯 그야말로 청산유수로 보고를 이어간다.

보고 내용을 취합해 보면 천지약품은 황금알을 낳는 거위나 마찬가지였다. 모든 거래는 현금과 맞교환한다.

재고는 충분하고, 늘 일정한 수준의 판매고가 형성되고 있다. 소매점들과의 분쟁도 거의 없다.

그리고 콩고민주공화국의 약품 부분을 거의 모든 방면에서 완벽하게 장악하고 있다.

하긴 권력의 실세인 대통령과 내무장관이 전폭적으로 지지하고 있으며, 치외법권을 인정받은 특별한 존재이니 어찌 어려운 일이 있겠는가!

그래도 딱 하나 걱정되는 부분을 짚으라면 지나인들에 의

한 시장 교란이다.

저 품질, 혹은 아예 아무런 효과도 없는 가짜 의약품으로 순박한 콩고민주공화국 사람들에게 피해를 주고 있다.

꼬드김에 넘어가 싼값에 지나산 약품들을 사들인 사람들 가운데 패가망신하는 사람들이 속출하고 있다.

천지약품과 관련 없는 일이기는 하지만 신경이 쓰인다.

하여 정승준은 이런 일을 막기 위해 경찰에 협조하고 있다. 소매점들을 통해 소문을 모아주는 창구가 된 것이다.

이때 나윤이 나서서 통역을 한다.

어쨌거나 조합한 소문을 분석한 결과 가짜 의약품을 파는 자들은 화원공사 왕영백으로부터 물건을 공급받았다.

그런데 듣고 보니 아는 이름이다.

이춘만 지사장이 한국산 가전제품을 수입하여 용돈을 마련하고 있을 때 통관을 담당하던 관리가 지나친 뇌물을 요구한 일이 있었다.

이에 분노를 느낀 현수는 마타디항으로 가서 여러 개의 컨테이너를 아공간에 담아왔다. 통관되지 않은 화물을 잃어버리게 하여 골탕을 먹이려던 의도이다.

그때 아공간에 휩쓸려 들어온 컨테이너 중 하나엔 화원공사 왕영백이 수입한 물건이 담겨 있었다.

나중에 그 내용물을 확인해 보니 2,000kg의 황금과 대량의

필로폰, 엑스타시, 그리고 모르핀이었다.

이것들은 현재 현수의 아공간에 담겨 있다.

며칠 후, 사라진 컨테이너들이 다시 나타났지만 왕영백의 것은 없었다.

왕영백은 자신의 화물만 사라졌다며 마타디항에 있던 컨테이너 전부를 열어보게 했다. 무려 6,000여 개이다.

나중엔 통관을 마친 이춘만 지사장 등의 컨테이너까지 보여 달라는 무례한 요구를 했다.

혹시 자신의 것이 아닌가 싶은 것이다.

물론 아니었다.

결국 마타디항으로부터 손해배상을 받기는 했지만 그것은 운송장에 화물로 기재된 지나산 싸구려 옷값 정도이다.

왕영백은 평생 동안 모은 것을 한 방에 잃어버린 것이다.

그 후로 천지약품이 잘나가는 것을 보고 지나산 싸구려 의약품들을 반입했다. 왕영백이 수입한 것은 몇 남지 않은 지나인들의 약방을 통해 싼값에 팔려 나갔다.

대부분이 약효가 거의 없거나 아예 없는 형편없는 것이었지만 순박한 콩고민주공화국 사람들은 그것도 모르고 비싼값을 치렀다.

"정승준 씨, 대단합니다."

현수는 감탄하지 않을 수 없었다. 방금 전의 브리핑은 간결

하면서도 담길 것은 다 담겨 있었다.

이런 사람이 어찌 도사가 되겠다며 산속에서 10년이나 썩었는지 알 수 없는 노릇이다.

현수는 고개를 끄덕였다.

면접장에서 승준은 D전문대학을 졸업했다고 했다.

현수의 기억이 맞는다면 이 학교는 구로구 고척동에 있고, 승준은 2년제 기계설계과를 졸업했다.

수능 성적이 어느 정도인지 대강 짐작이 된다.

현수가 고개를 끄덕인 이유는 출신 학교가 중요하지 않음을 다시 한 번 깨달았기 때문이다.

천지건설의 직원 대부분은 소위 명문이라 불리는 학교 출신들로 채워져 있다. 특히 해외영업부는 해외 인맥의 중요성을 감안하여 유명 대학 출신이 많다.

소위 아이비리그라 일컫는 미국 북동부에 있는 8개 명문 대학도 당연히 끼어 있다.

참고로 명문이라 일컫는 아이비리그는 브라운(Brown) · 컬럼비아(Columbia) · 코넬(Cornell) · 다트머스(Dartmouth) · 하버드(Harvard) · 펜실베이니아(Pennsylvania) · 프린스턴(Princeton) · 예일(Yale) 대학이다.

해외영업부에는 칼텍(California Inst. of Technology) · 스탠포드(Stanford) · 듀크(Duke) · 시카고(Chicago) · 노스웨스

턴(Northwestern) 출신도 다수 근무 중이다.

어쨌거나 현수는 리우데자네이루 건에 대한 브리핑을 여러 번 받은 바 있다. 프린스턴대학 출신인 최규찬 해외영업부장도 이들 중 하나이다.

그런데 방금 전의 브리핑보다 간결하지 못했고 핵심을 찌르지도 못했다.

소위 명문이라 불리는 대학을 나온 사람보다도 2년제 전문대학 출신의 브리핑이 더 좋다 느껴진 것이다.

이는 출신 대학이 크게 중요하지 않음을 다시 한 번 인식시켜 주는 일이다. 물론 현수 본인이 삼류대학 수학과 출신인지라 팔이 안으로 굽는 선입견이 약간은 작용되어 있다.

어쨌거나 승준의 브리핑은 마음에 들었다.

"뭐 어려운 일은 없습니까?"

"솔직히 말씀드려도 되겠습니까?"

"네, 말하세요."

"주거가 불안정해서 걱정됩니다. 며칠 전엔 반군들에 의한 테러가 있었거든요."

무슨 소린지 충분히 알아들었다.

"킨샤사에 내 집이 있는 건 아시죠?"

"네, 들어서 알고 있습니다. 이곳 사람들은 거길 Ville de l'Ange라 부르더군요."

프랑스어 'Ville de l' Ange'는 영어로 'Town of the Angel'이다. 직역하면 '천사의 마을'이다.

"그래요? 거길 왜 그렇게 부른대요?"

처음 듣는 소리인지라 현수의 눈이 커져 있다.

"저택 사람들에게 너무 잘해주셔서 그런 별명이 생겼습니다. 진짜 존경합니다, 회장님!"

킨샤사 저택엔 상당히 많은 사람이 근무한다. 그리고 근무자 전원에게 주거가 제공되고 있다.

이곳 사람들의 표현을 빌리면 외국의 호화 호텔 수준의 주택에서 살게 해준 것이다. 널찍하고 쾌적하며 온갖 가구와 가전제품이 다 갖춰진 꿈의 주택이다.

이 모든 걸 무상으로 제공하고 있음이 소문으로 번진 것이고, 그 결과 천사 같은 사람이 사는 곳이라 하여 그런 이름이 붙은 것이다.

승준은 현수보다 나이가 많지만 진심으로 존경한다는 표정으로 바라보고 있다.

"에구! 존경이라니요. 저 아직 그런 이야기 들을 나이 안 되었습니다."

현수의 본심이다. 그런데 사람들은 그렇게 생각하지 않는다. 현수가 삼류대학 출신이고, 이제 겨우 서른 살이며, 성장과정이 빈한했다는 것은 모두의 뇌리에서 사라졌다.

현수는 인류 최고의 IQ를 가졌으며, 손대는 일마다 대박을 터뜨리는 미다스의 손이다. 게다가 축구와 야구에서도 타의 범접을 불허할 만큼 뛰어난 기량을 갖췄다.

돈도 엄청나게 많고, 사회적으로도 성공을 거뒀다.

그렇기에 나이에 상관없이 현수는 거의 모든 국민으로부터 존경을 받는다. 특히 해군과 공군 중 일부는 현수를 존경하다 못해 추앙하는 사람들까지 있다.

현수교라도 만들어지면 곧장 광신자가 될 사람들이다.

어쨌거나 현수는 다른 사람들에게 있어 자신들이 감히 우러러볼 수도 없는 위치에 있는 존재이다. 그러니 존경이라는 말이 서슴없이 나오는 것이다.

"아닙니다. 정말 진심으로 존경합니다. 그리고 제가 이곳에서 일할 수 있도록 해주셔서 정말 감사합니다."

승준은 다시 정중히 허리를 꺾는다.

"에구!"

현수는 뭐라 할 말이 없기에 말을 얼버무릴 수밖에 없었다. 그러다 생각난 듯 물었다.

"정승준 씨는 지금 어디에 머물고 있습니까?"

"저는 이춘만 사장님께서 전에 기거하시던……."

승준의 말은 중간에 잘려야 했다.

"다른 직원들도요?"

"네, 저와 김나윤 씨, 그리고 몇몇 직원이 그곳에 있습니다. 다른 직원들은 근방 주택에……."

승준의 말은 또 잘렸다.

"천지약품도 치외법권 지역으로 설정된 거 확실하죠? 그거 범위와 면적이 얼마나 됩니까?"

"기존 본사 건물을 중심으로 약 60,500평입니다. 직사각형 모양으로 가로……."

잠시 브리핑이 이어졌다.

콩고민주공화국은 이실리프 자치령을 조차해 주고 얼마 지나지 않아 천지약품도 치외법권 지역으로 포함시켜 주기로 했다. 하지만 무상은 아니다.

현수가 사장이라면 공짜겠지만 이춘만 사장이 대표이사로 등재되어 있기 때문이다.

하여 이춘만 사장은 본사로 사용하던 건물을 포함해 인근 지역 토지를 매입하였다. 반듯한 직사각형 모양으로 가로 400m, 세로 500m 정도 된다.

현수는 예전에 사용하던 천지약품 본사 건물을 떠올려 보았다. 낡은 양철집들이 처마를 잇대고 있는 빈민촌이다.

이춘만 사장의 인품을 고려해 보면 그곳 사람들을 직원으로 채용했을 것이다.

"메모 가능한가요?"

"물론입니다."

뭔가 지시를 내리려 한다는 걸 눈치챈 승준은 얼른 다이어리와 펜을 챙겨 들곤 현수를 바라본다.

"정승준 씨는 아디스아바바에도 천지약품이 조성되고 있는 거 아시죠?"

"네, 잘 알고 있습니다."

"그곳을 모델 삼아 여기에도 직원들을 위한 주거를 조성하세요. 안전을 위해 부지 외곽에 담을 두르고……."

잠시 현수의 말이 이어졌다.

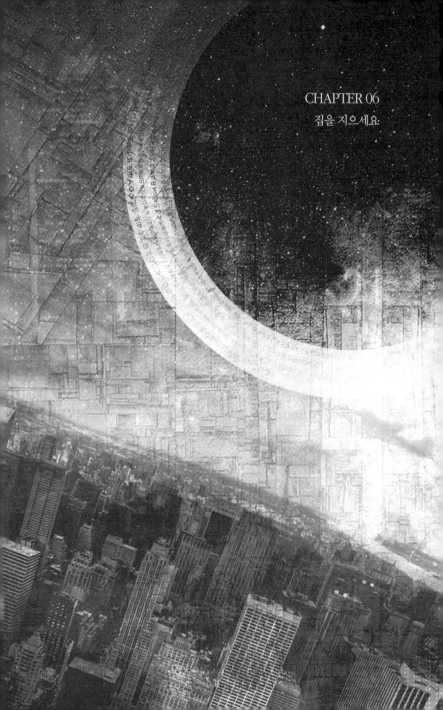

CHAPTER 06
집을 지으세요

　아디스아바바엔 반군으로부터 위협을 받는 지역이 없다. 그러나 킨샤사는 언제든 테러가 발생할 수 있는 곳이다.

　그렇기에 부지 외곽에 담장을 두르라 하였다. 그런데 그 담장은 칙칙한 콘크리트나 벽돌이 아닌 초록색 철망이다.

　이것을 가리기 위해 안쪽에 여러 열대식물을 식재한다. 망고, 파파야, 두리안, 망고스틴, 람부탄 등이다.

　기왕 심는 것이니 열매 맺히는 것 위주이다.

　부지 둘레에 20m 폭으로 심으면 약 34,000㎡에 달하는 작은 농장이 생긴다.

아리아니가 가호를 내리고 현수가 신성력을 뿜어내면 각종 병충해는 걱정할 필요가 없다. 여기에 노에디아와 엘리디아까지 나서면 최상급 과실이 열매를 맺을 것이다.

사람들이 애써 돌보거나 가꾸지 않아도 풍성한 수확이 가능하다. 이곳에서 수확되는 각종 열대과일은 천지약품 직원들에게 골고루 분배된다.

직원용 사택은 이것의 안쪽에 지어지는데 킨샤사 저택 앞에 지어진 것과 같은 수준이다. 그리고 한국인과 원주민 간의 차이는 없다.

이것들의 안쪽에는 창고 및 사무실이 지어진다.

지하실은 평상시엔 식품 저장소로 사용되고 유사시엔 대피소로 이용한다.

모든 건물의 옥상엔 태양광 발전 설비를 갖추고, 지하수를 개발하여 자체적으로 동력과 용수 등 필수 불가결한 것들을 갖추게 된다.

경비원을 고용하여 주간뿐만 아니라 야간에도 순찰을 돌면 직원들이 안심할 수 있을 것이다.

모두 받아 적은 정승준은 고개를 끄덕인다.

'역시 김현수 회장이다'라는 생각이 절로 들 만큼 배려가 많음이 느껴진 때문이다.

"이 정도면 괜찮겠어요?"

"그럼요! 다들 좋아할 겁니다!"

승준은 나윤을 떠올리며 기분 좋은 웃음을 짓는다.

생각만 해도 기분이 좋아지는 사람이다. 그런 사람과 어쩌면 모든 것이 완벽하게 갖춰진 새집에서 신접살림을 시작할 수 있을 것 같다. 당연히 웃음이 나온다.

현수는 갑자기 실성한 사람처럼 실실 쪼개는 정승준을 보곤 고개를 갸웃거렸다.

저택으로 돌아온 현수는 시원한 물에 샤워를 했다.

엘리디아를 부르면 2초면 끝날 일이지만 이렇게 직접 씻는 게 더 개운해서이다.

수건으로 젖은 머리의 물기를 털어내는데 시장에 간 연희가 들어선다.

"어머! 언제 들어왔어요?"

"응! 쇼핑 잘했어?"

"네! 오늘은 해산물이 싱싱했어요."

싱긋 미소 짓는 연희의 모습은 방금 천상에서 내려온 선녀처럼 아름답다. 본바탕도 예쁘지만 그보다는 선한 심성이 우러나와 이렇게 보이는 것이다.

"샤워할 거야?"

"네, 그래야 할 거 같아요."

연희는 오가며 비포장도로를 달렸기에 먼지가 묻었을 것이라 생각하고 고개를 끄덕인다.

"알았어. 얼른 씻어."

"기대해요. 샤워 마치고 나와서 아주 맛있는 해물탕 끓여 줄 테니까요."

"그래? 기대되네."

현수는 슬쩍 연희의 뒷모습을 보며 입맛을 다신다.

임신 중이라며 근처에 얼씬도 못하게 하니 화중지병(畵中之餠)이나 다름없기 때문이다.

"쩝!"

일찌감치 저녁을 먹곤 저택 뒤편 호수로 향했다. 엘리디아가 솜씨를 부려 그런지 아주 맑은 물로 변해 있다.

둘은 유유히 헤엄치는 물고기들을 보며 호수 주변을 산책했다. 화기애애한 분위기다.

다시 저택으로 돌아온 현수는 피터스 가가바를 불렀다.

그리곤 조만간 도착하게 될 무스크하코 사람들이 머물 곳에 대해 지시를 내렸다.

저택 뒤쪽에 거대한 농장이 조성되는 것도 놀랍지만 러시아에서 800가구의 4,000여 명이 온다는 말은 더 놀라웠다.

말 한마디 통하지 않은 곳으로 마을 전체가 이동하는 일이 어디 흔한 일인가!

피터스 가가바는 열심히 메모했다.

러시아 사람들이니 이곳 사람들이 쓰는 프랑스어나 콩고어를 모를 것이다. 그런 사람들이 마을을 이루어 생활하게 하려면 준비할 것이 많기 때문이다.

집만 지어주어서 될 일이 아니다.

당장은 식료품을 구매할 수 있는 상점만 있으면 되지만 프랑스어나 콩고어를 배울 수 있는 학교도 있어야 한다.

당분간은 통역도 필요하기에 난감한 표정이다. 러시아어를 아는 콩고민주공화국 사람이 얼마나 있겠는가!

그래도 온다니 준비를 해야겠기에 부지런히 메모하는 한편 궁금한 것들을 물었다.

한참을 이야기했음에도 아직 잠들 시간이 아니다. 현수는 연희의 방을 찾았다가 이내 문을 닫고 돌아 나왔다.

연희는 샤워를 마친 뒤 엷은 침의만 걸치고 있는데 안에 들어가면 사고를 칠 것 같아서이다.

서재에 앉아 이런저런 뉴스를 검색했다. 그리고 시각을 확인해 보니 11시 50분쯤 되었다.

문득 차원이동한 지 꽤 되었다는 생각에 날짜를 따져보았다. 헥사곤 오브 이실리프에 있다가 지구로 차원이동한 날짜는 4월 14일이다. 그리고 오늘은 5월 13일이다.

딱 30일이 되었다.

"헉! 하마터면······."

저쪽에서 이쪽으로 차원이동을 하고 30일 이내에 되돌아가면 저쪽의 시간은 멈춘 상태가 된다.

지구에서 아르센으로, 아르센에서 지구로 이동할 때 모두 적용되는 법칙이다.

만일 30일이 지나 다른 차원으로 이동하면 저쪽 역시 30일이 지나 있는 것으로 알고 있다. 마법 스승인 멀린이 남긴 이실리프 마법서에 쓰여 있는 내용이다.

현수는 한 번도 이 날짜를 넘기지 않았기에 실제 그런지의 여부는 알 수 없다.

호기심 때문에라도 모험을 해볼 수는 있지만 그래선 안 된다. 저쪽에 아주 중요한 일이 준비되는 중이기 때문이다.

스승인 멀린의 유해를 영원한 안식처에 안장하는 일이 그것이다. 아드리안 왕국 입장에선 시조 왕의 장례식이다.

그러니 얼마나 대대적으로 준비하고 있겠는가!

그런데 멀린의 시신을 가진 현수가 한 달쯤 지난 후에 나타나면 어찌 되겠는가!

왕국을 상대로 무례를 범한 것이 되어 마탑주의 체면이 확 깎일 것이다. 따라서 모험할 타이밍은 아니다.

얼른 시계를 보니 12시 3분 전이다.

이제 조금만 더 시간이 지나면 날짜가 바뀐다.

그럼 30일이 초과되기에 마음이 급해진 현수는 서둘러 차원이동을 실시했다.

"마나여, 나를 아르센……! 트랜스퍼 디멘션!"

샤르르르르릉—!

지구로 온 지 딱 30일 만에 현수의 신형이 안개처럼 흩어진다. 차원이동 마법이 재현된 것이다.

*　　　*　　　*

"오늘이 며칠이지?"

지구 시간으로 지난 4월 14일에 차원이동한 곳은 이곳 헥사곤 오브 이실리프의 '세상의 중심' 이다.

마탑주 집무실인 이곳은 현수의 허락이 있기 전까진 어느 누구도 들어올 수 없다.

물론 예외는 있다.

바깥에서 세 번 노크하며 '마탑주님, 보고 사항 있습니다', 또는 '마탑주님, 들어가도 되나요?' 를 열 차례 이상 반복했음에도 아무런 반응이 없으면 열어볼 수는 있다.

문만 열면 내부가 훤히 보이므로 마탑주가 있는지의 여부는 한눈에 알 수 있다.

있다면 당연히 허락을 받고 드나들 수 있다.

하지만 마탑주가 보이지 않으면 발을 들여놓을 수 없다.

이는 헥사곤 오브 이실리프의 안주인인 여섯 여인도 마찬가지이다.

'세상의 중심'은 오로지 마탑주만의 공간이기 때문이다.

현수는 침대 곁에 있는 파란색 밧줄을 잡아당겼다.

딸랑—!

부드러운 종소리가 울리고 얼마 지나지 않아 노크 소리에 이어 조심스런 음성이 들린다.

똑, 똑, 똑—!

"마샤가 마탑주님의 부르심을 받았사옵니다. 소녀, 안으로 들어가도 되올는지요?"

현수는 머릿장 쪽에 늘어져 있는 여섯 개의 밧줄을 보았다. 하양, 빨강, 노랑, 초록, 파랑, 보라색이다.

파란색은 마샤를 부를 때 쓰는 모양이다.

"…들어와!"

"하오면 들어가옵니다."

스르르르릉—!

문이 부드럽게 열리며 하늘하늘한 침의를 걸친 마샤가 걸어 들어온다.

사박, 사박, 사박—!

마샤는 연한 분홍색 실내화를 신고 있다. 그래서 그런지 걸을 때마다 작은 소리가 난다.

조심스레 들어선 마샤는 현수로부터 서너 발짝 떨어진 곳에서 한쪽 무릎을 꿇고 공손히 고개를 조아린다.

"소녀 마샤, 마탑주님을 뫼시게 되어 무한한 영광이옵니다. 비록 변변하지 못한 몸이오나 마탑주님의 기쁨을 위해 기꺼이 열겠사오니 소녀를 취하시옵소서."

말을 해놓고 보니 심히 부끄러운 듯 마샤의 목덜미가 붉어진다. 숙이고 있는 얼굴 또한 붉을 것이다.

'헐! 이게 무슨……? 아! 맞아. 끄응!'

현수는 나직한 침음을 냈다.

일전에 헥사곤 오브 이실리프의 율법서를 읽어본 바 있다.

어떤 것이 율법으로 기록되어 있는지 살펴보고 불합리한 내용이 있으면 수정하기 위함이었다.

그때 읽은 내용 중엔 밤 시중을 들어줄 여인을 부를 때는 밧줄을 잡아당기면 된다는 내용도 있었다. 하나를 당기든 여섯 모두를 당기든 마탑주의 맘이다.

여인들은 밧줄을 당겨 종소리가 나면 하던 일이 있더라도 즉시 멈추고 '세상의 중심'으로 가야 할 의무가 있었다.

생리 중일 때엔 밧줄을 당겨도 종소리가 나지 않도록 되어 있으니 소리가 들리면 무조건 가야 한다.

부름을 받아 갈 때엔 속이 훤히 비치는 침의 하나만 걸쳐야 한다. 날씨가 추워도 모든 속옷을 벗고 간다.

마탑주의 성적 욕구를 충족시켜 주기 위함이다.

언제 부름을 받거나 선택받을지 모르므로 헥사곤 오브 이실리프의 여인들은 늘 청결한 상태를 유지해야 한다.

이는 여섯 여인뿐만 아니라 이들의 시중을 들어주는 시녀들도 마찬가지이다. 시녀도 승은을 입을 수 있기 때문이다.

마샤는 일과대로 하루에 두 번 있는 수욕을 마쳤다. 점심식사 후와 저녁 식사 직후에 씻는 것이 율법이다.

물론 구석구석 신체의 모든 부위를 깨끗이 씻어야 한다.

언제 부름을 받을지 모르기에 향기로운 꽃잎을 띄운 물을 사용했다.

그리곤 자신의 처소에서 아르센 대륙사를 읽고 있었다.

무식하면 마탑주의 여인이 될 자격이 없기에 다 알고 있으면서도 잊지 않으려 반복해서 읽는 중이다.

마샤는 화이트 후작의 딸이다.

자신보다 한 살 어린 나오미는 할렌 후작의 손녀지만 가문의 성세가 다르다.

할렌 후작가는 아드리안 공국에서 가장 큰 상단을 운영하기에 돈이 아주 많은 가문이다. 반면 화이트 후작가는 예전엔 잘나갔지만 조금씩 몰락해 가는 중이다.

너른 농토를 보유하고 있지만 매년 소출이 줄어들고 있다.

이는 매년 같은 작물을 같은 장소에 심기 때문이다. 그 결과 지력이 다해 점점 소출이 줄어드는 것이다.

소피아와 아이리스는 공주이고, 아그네스와 이사벨을 실세 공작들의 손녀이다.

마샤는 가문도 기울고 나이도 제일 많기에 여섯 중 자신이 가장 처진다고 생각하고 있다.

그런데 종소리가 울렸다.

그 순간부터 마샤의 심장은 쿵쾅거리기 시작했다. 너무도 긴장되고 흥분되어서이다.

마탑주는 아직 헥사곤의 여인 중 어느 누구도 취하지 않았다. 이건 확실한 일이다.

그런데 오늘 자신이 마탑주의 밤 시중을 들게 되면 즉각 서열 1위가 된다.

국왕과 마탑주는 동격이다. 따라서 아드리안 왕국에선 제1왕비에 버금가는 위치가 되는 것이다.

율법에 의하면 마탑주가 누구를 먼저 취하느냐에 따라 서열이 매겨지도록 규정되어 있기 때문이다.

그래서 떨리는 마음으로 와서 노크를 했고, 문을 열었으며, 긴장된 마음으로 자신을 취해주기를 청했다.

율법엔 마탑주에게 본인의 얼굴을 보여주도록 되어 있지만 감히 시선을 마주칠 수 없어 고개를 숙인 것이다.

한편 현수는 난감했다.

첫째는 눈앞의 마샤 때문이다.

속이 훤히 비치는 침의를 걸치고 있기에 벗은 몸이 고스란히 눈에 들어와 심히 곤혹스럽다.

둘째는 수정하지 않은 율법 때문이다.

마탑주가 밧줄을 당겨 밤 시중을 청해놓고 이를 행하지 않으면 부름을 받은 여인은 다음 날 날이 밝자마자 헥사곤 오브 이실리프를 떠나야 한다.

불러놓고도 취하지 않았다 함은 마탑주로부터 버림받았음을 의미하기 때문이다.

이는 곧바로 가문의 몰락을 의미한다.

누구든 마탑주에 의해 헥사곤에서 방출되면 불경죄를 물어 여인이 속한 가문의 작위는 즉시 회수되며 전 재산은 국고에 귀속된다.

가문의 모든 구성원이 귀족에서 평민으로 주저앉는 것이다. 한마디로 표현하자면 풍비박산 나고 패가망신하여 멸문지화를 당하는 것이다.

또한 쫓겨난 여인은 평생 독신으로 살게 된다.

아드리안 왕국의 어느 누가 마탑주로부터 버림받은 여인을 누가 취하겠는가!

자칫 본인에게도 화가 미칠 수 있기에 아무리 예뻐도 다가

가는 사내가 없으니 평생 독신으로 살 수밖에 없다.

귀족도 아닌 평민 여인이 아무런 재산도 없이 어찌 혼자 살 수 있겠는가! 정처 없이 유리걸식(流離乞食)하다 쓸쓸한 최후를 맞이하게 될 것이 자명하다.

왕국에선 혹시라도 또 다른 귀족가가 피해 입는 것을 막기 위해 버림받은 여인의 손등에 낙인을 찍는다.

아르센 대륙어로 '𝒬𝒲𝒯ɬ'로 표시된다. 이는 버림을 받았다는 뜻의 '기(棄)' 자와 같은 것이다.

이것은 헥사곤 오브 이실리프의 율법서에 기록된 내용이 아니라 아드리안 왕국의 왕국법이다.

그런데 현수는 왕국법을 모른다. 따라서 마샤의 가문이 박살 난다는 것을 알지 못한다.

그럼에도 난감해하는 이유는 바들바들 떨고 있는 마샤의 속내를 짐작하기 때문이다.

'끄응! 내가 왜 그건 안 고친 거지? 제기랄!'

밤 시중을 들라 청할 일이 없을 것이라 생각하였기에 손대지 않은 항목이 발목을 잡는다.

마탑주로서 율법서를 검토했고, 수정할 것은 수정했다고 이야기를 끝낸 후이다. 수정 이후의 율법은 본인도 준수하겠다는 의미를 담고 있다.

그렇기에 난감하기 이를 데 없다. 그래도 확인할 것은 확인해야 한다.

"마샤, 오늘이 며칠이지?"

"네? 아, 네. 오늘은 2월 16일이옵니다, 마탑주님."

"그래? 다행이군."

"네?"

무슨 의도냐는 표정으로 올려다보는데 애처롭기 이를 데 없다. 배고픈 강아지가 주인의 손에 들린 먹음직한 고깃덩이를 볼 때 이런 표정을 짓지 않을까 싶다. 아기 고양이가 빤히 바라보는 모습과도 닮았다.

"지금 시각은?"

"지, 지금은 밤이 깊었사옵니다, 주, 주인님."

마샤는 부끄러운 듯 얼른 고개를 숙인다.

마탑주라는 호칭에서 주인님이라는 호칭으로 바뀐 것은 오늘 밤만 지나면 자신의 몸과 마음 모두를 가져갈 존재이기 때문이다. 다시 말해 영혼의 지배자가 될 것이기에 이런 표현을 쓴 것이다.

"……!"

현수가 아무런 대꾸 없이 입을 다물고 있자 마샤는 조심스레 고개를 들어 현수를 바라본다.

"주, 주인님, 소, 소녀가 마음에 들지 않으시는지요?"

가문과 본인의 명운이 걸린 질문인지라 몹시 떨리는 음성이다. 현수의 대답 여하에 따라 천국, 또는 지옥이 결정되는 순간이다. 그렇기에 긴장된 표정으로 빤히 바라본다.

선택을 받으면 가문은 영광이고 본인은 행복이 보장된다. 아니라면 그야말로 끝이다.

천 길쯤 되는 벼랑 끝에 선 기분으로 현수를 바라보는 마샤의 눈빛엔 조마조마함이 어려 있다.

"배고프지 않아? 뭣 좀 먹을까?"

전혀 예상치 못한 말인지 마샤는 깜짝 놀란다.

"네?"

"나는 배가 조금 고파. 그러니 뭣 좀 먹자. 잠시만."

말을 마친 현수는 아공간에서 식재료와 조리도구들을 꺼내 말없이 조리를 시작한다.

현수가 만들려는 것은 프라이드치킨이다.

순식간에 튀김옷을 만들어 숙성시킨 후 조각낸 신선한 닭고기에 입힌다. 타임 패스트 마법이 쓰였다.

그리곤 곧바로 설설 끓는 기름에 넣고 튀겨냈다.

당연히 냄새가 끝내준다.

곁에서 보고만 있던 마샤는 저도 모르게 고이는 침을 삼키곤 어찌 만드는지를 유심히 살펴본다.

생전 처음 보는 것이지만 잘 익혀서 나중에 마탑주를 위한 밤참으로 만들려는 의도이다.

이런 걸 보면 현숙한 아내 역할은 아주 잘할 여인이다.

현수가 프라이드치킨을 선택한 이유는 목이 타서이다.

마샤를 어찌해야 할지 실로 난감할 때 문득 시원한 맥주 한 잔이 생각났던 것이다.

아무튼 치킨은 기막힌 냄새를 풍기며 만들어졌다.

현수는 아공간의 식기와 포크를 꺼내 이것을 담아내고 시원하게 냉장 보관된 캔 맥주를 꺼냈다.

딱―! 치익!

돌돌돌돌―!

두 개의 유리잔에 노란 맥주가 담기며 흰 거품이 위를 덮는다. 마샤는 '대체 이게 뭔가?' 하는 표정으로 보고 있다.

왕궁 시녀장으로부터 술 마시는 법을 배우긴 했지만 맥주는 마셔본 적이 없다.

잔을 들어 한 모금을 들이켠 현수는 마샤를 불러 마주 앉게 하였다.

"캬아! 마샤도 마셔봐. 맛이 괜찮을 거야. 이렇게!"

현수는 두 개의 포크로 치킨 먹는 법을 시범 보였다. 입에 넣고 씹어보니 맛이 환상적이다.

그러고 보니 저녁 식사를 걸렀다.

마타디항 컨테이너 야드에서 가와시마 야메히토에게 금괴를 건네고, 정승준을 만나 브리핑을 받았다.

그리곤 곧장 저택으로 돌아와 피터스 가가바와 무스크하코에서 올 사람들의 주거에 대해 지시를 내렸다.

그리고 연희랑 같이 있으면서 쉐리엔 주스 한 잔을 마신 게 점심 이후의 전부이다.

연희는 쉐리엔 있음에도 날씬한 몸매를 유지하기 위해 저녁을 건너뛰는 습관을 가졌기 때문이다.

임신을 했으니 그러지 말라고 했더니 저녁을 일찍 먹었으니 되었다 하여 졸지에 굶은 것이다.

마샤는 현수의 눈치를 보며 치킨을 먹기 시작했다.

그런데 아르센 대륙에선 맛볼 수 없는 진미였기에 점점 먹는 속도가 빨라진다. 혹여 누가 빼앗아 먹을까 싶어 허겁지겁 먹는다.

그러면서 간간이 맥주를 마신다. 드디어 아르센 대륙에도 치맥이 상륙한 것이다. 현수는 마샤의 잔이 빌 때마다 채워주었다. 그렇게 하여 마샤가 비운 건 캔 맥주 세 개이다.

치킨을 거의 다 먹었을 때 마샤는 당연히 취했다.

어느새 내려앉은 마샤는 소파에 기대어 고개를 숙이고 있다. 배는 부르고 취기 때문에 약간은 몽롱한 상태이다.

이쯤 되면 겁이란 걸 상실하게 마련이다.

"휴우~!"

긴 한숨을 몰아쉰 마샤는 고개를 들어 현수를 바라본다. 다소 도발적인 눈빛이다.

"주인님!"

"왜?"

"오늘 저 안아주실 거죠?"

"…글쎄? 그래야 하나?"

"안 그럼 저 죽어버릴 거예요."

"……!"

엄청 과격한 말이다. 그런데 농담 같지 않다.

조금 전 고개를 숙이고 있던 마샤는 헥사곤으로 보내질 때 부친이 했던 말을 떠올린다.

"마샤야, 마탑주님을 뵙게 되거든 부디 마음을 사로잡도록 노력하거라. 그래야 우리 가문이 예전의 성세를 되찾을 수 있단다. 부탁하마. 알았지?"

화이트 후작가는 요즘 이웃의 백작가로부터 은근히 견제를 당하는 중이다. 소출이 점점 줄어들어 기사단 유지가 어려워지면서부터이다.

은퇴 기사가 발생되면 젊은 기사로 채워 넣어야 전력이 유지되는데 그러지 못하는 상황이다.

게다가 현재의 기사단은 노령화되어 있다.

팔팔한 20대는 눈을 씻고 찾으려 해도 보이지 않고, 40대 늙다리들만 즐비하다. 다들 아직은 근력이 있다고 큰소리치지만 실제 전투가 벌어지면 어떨지는 미지수이다.

화이트 후작가가 보유한 기사의 숫자는 현재 38명이다. 이 중 11명은 올해가 지나면 은퇴한다.

기사 정년인 나이 50이 되기 때문이다.

보충 인력이 없다면 내년은 27명으로 줄어든다. 원래 50명이었으니 거의 절반으로 쪼그라드는 것이다.

내후년이 되면 더 줄어서 22명이 된다.

그런데 이웃 백작가의 영지엔 40명의 젊고 팔팔한 기사로 채워진 기사단이 건재할 것이다.

아직은 거의 비등한 숫자지만 내년이나 내후년에 영지전이 선포되면 영지를 빼앗길 확률이 매우 높다.

40대 후반 27명과 20대 중반 40명의 전투는 균형을 유지할 수 없다. 한 해가 더 지나면 40대 후반 22명과 20대 중반 40명의 대결로 더 불리해진다.

저울추가 한쪽으로 기우는 건 당연한 일이다. 물론 이웃 백작가의 일방적인 승리가 예상된다.

그렇기에 화이트 후작은 헥사곤으로 들어가게 된 딸에게 간곡하게 부탁한 것이다.

"주인님, 오늘 밤 저를 가져주시면 안 돼요?"

"……!"

지구에서도 이런 말을 한 사람이 있다. 김정은이 선물로 준 하얀 눈꽃 백설화도 같은 말을 했다.

현수가 품어주지 않으면 가족 전체가 교화소나 수용소로 보내질 예정이었다.

꼼수를 부려 그리고리 로그비노프 북핵담당특임대사의 양녀가 되도록 하여 위기를 넘겼다.

그렇게 하지 못했다면 마음 약한 현수는 백설화를 안아주었을 것이다. 눈치를 보아하니 마샤도 그런 듯하다.

하지만 품을 수는 없다. 이미 다섯이나 거두었는데 추가한다는 건 내키지 않기 때문이다.

"마샤, 술이 조금 취한 것 같은데, 일단 의자에 앉아봐."

위에서 내려다보니 가슴이 훤히 들여다보인다.

속이 비치는 망사의인지라 소파에 앉아도 마찬가지이긴 해도 왠지 껄끄러워 일어나 앉으라 한 것이다.

"네, 주인님."

자리에서 일어난 마샤는 소파에 앉으려다 휘청거린다. 취기가 올라 몸에 균형을 잃은 모양이다.

"어머낫!"

"이런……!"

현수는 탁자 위로 쓰러지려는 마샤의 교구를 받아주지 않을 수 없었다. 안 그러면 엉망이 될 것이기 때문이다.

　물컹—!

　두 손으로 몸을 받쳐줬는데 하필이면 왼손이 손대선 안 될 곳에 닿은 듯하다. 하지만 모르는 척했다.

　"그렇게 많이 취한 거야? 자, 앉아."

　"네에, 죄송해요."

　마샤를 얼른 귀밑머리를 쓸어 넘기며 고개를 숙인다. 몹시 고혹적인 모습인지라 현수는 저도 모르게 침을 삼켰다.

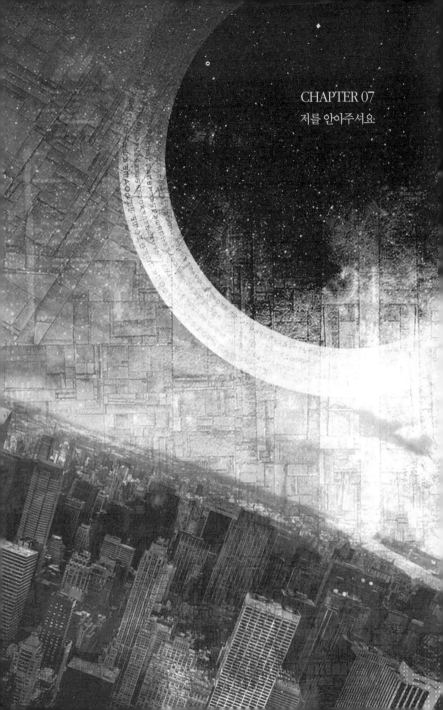

CHAPTER 07
저를 안아주세요

'이게 다 임신 때문이야.'

지현과 연희가 함께 있어도 그림의 떡인 듯 바라만 보아야
하던 지난 며칠 동안 독수공방한 부작용인 듯싶다.

한편 자리에 앉은 마샤는 조금 전 현수의 손이 닿은 부위에
자신의 손을 얹고 빤히 바라본다. 술에 취해 겁은 상실했지만
촉감마저 마비된 것은 아니기 때문이다.

'아! 주인님의 손길이 여기에 닿았어.'

마샤의 눈빛이 점차 몽롱해진다. 자신이 마탑주의 제1부인
이 되는 생각을 하고 있는 때문이다.

"마샤, 맛은 괜찮았어?"

"네? 아, 네. 그, 그럼요. 생전 처음 맛보는 진미였어요."

"그래? 다행이네. 그럼 뭐 하나 물어봐도 되지?"

"네, 그럼요. 무엇이든 말씀만 하셔요."

무엇을 물으려 하는지 몰라도 자신은 성실히 대답해야 할 의무가 있다. 그렇기에 흐트러진 정신을 다잡으려 고개를 흔든다. 그런데 이 모습도 매우 예쁘다.

마치 전성기의 제시카 알바가 고른 치열을 드러내며 부끄럽다는 듯 바라보니 어찌 안 그렇겠는가!

"내가 저 밧줄을 잡아당겨서 마샤가 여기에 온 거지?"

"…네에."

파란색 밧줄에 시선을 준 마샤는 심히 부끄럽다는 듯 고개를 숙인다.

"그게 무슨 의미인지 아는 거야?"

말 떨어지기 무섭게 마샤가 고개를 끄덕인다.

"네, 오늘 밤 소녀의 모든 것을 바쳐 마탑주님을 즐겁게 해 드려야 하는 거라고 알고 있어요. 원하시는 무엇이든 기꺼이 봉사할 각오가 되어 있으니 말씀만 하셔요."

마샤의 목소리가 떨린다. 첫날밤이 얼마나 아픈지에 대한 교육을 받은 바 있기 때문에 두려운 때문이다.

"그래? 그런데 마샤는 올해 나이가 얼마나 되지?"

"스물하나이옵니다."

아르센 대륙도 미국처럼 태어난 날을 기준으로 나이를 헤아린다. 따라서 한국식으로 치면 마샤는 생일이 언제냐에 따라 22세일 수도 있고 23세일 수도 있다.

"스물하나? 좋은 나이네."

현수의 말은 헛말이 아니다.

마샤는 과일이나 채소에 비유하면 아주 싱싱한 상태이다. 벌레 먹은 부분도 없고, 시든 곳도 없다.

하긴 아직 어린데다 모든 것이 풍족한 헥사곤에 있으니 잘 먹고, 잘 쉬고, 잘 잤을 것이다.

언제 마탑주의 부름을 받나 싶어 조마조마하던 것만 빼면 몸도 마음도 더없이 편했으니 싱싱한 것이 당연하다.

"마탑주님께 바치려 늘 청결을 유지하려 애썼사옵니다."

"그래, 그랬겠지."

마샤의 말은 사실이다. 언제 부름을 받을지 모르기에 늘 청결한 상태를 유지하려 애썼다.

언제든 밧줄을 당겨져 본인 처소에 있는 종이 소리를 내기만 하면 곧장 세상의 중심으로 가야 하기 때문이다.

마탑주로 하여금 기다리게 하는 것도 율법에선 불경으로 다스린다 되어 있으니 당연한 일이다.

"그런데, 마샤."

"네, 말씀하시옵소서."

"오늘 난 너를 품어줄 수 없어."

"네에?"

마샤는 '벗으라고 하면 어떻게 하지? 천천히 벗을까, 아니면 얼른 벗고 모든 걸 보여드릴까? 부끄러운데 어쩌지?'라는 생각을 하고 있는데 의표를 찔렸다.

"너를 품어줄 수 없다 했어."

"……!"

마샤의 두 눈에 금방 습기가 차오른다. 그리곤 곧장 커다란 이슬을 만들어 볼 위로 밀어낸다.

두 줄기 눈물이 볼을 타고 주르르 흘러내린다.

갸름한 턱 선을 지난 눈물방울이 제법 풍만한 가슴 위로 떨어졌지만 마샤는 미동도 않고 현수를 바라본다.

그런데 시선에 초점이 잡혀 있지 않다.

화이트 후작가는 이제 끝이다. 아울러 본인은 낙인찍힌 채 평생을 독신으로 살아가야 한다.

희망을 꿈꾸며 부풀어 있었는데 그야말로 물거품이 되어버렸다. 세상이 일순간에 끝난 것처럼 허무하고 안타깝다.

"흐흑! 흐흐흑! 죄, 죄송해요."

고개 숙인 마샤의 두 어깨가 들썩이고 무릎 위로 눈물이 후드득 떨어진다.

'빌어먹을! 이런 건 왜 만들어놔서.'

마샤는 젊고 예쁜 아가씨이다. 하지만 현수는 헥사곤의 어느 여인에게도 관심 두지 않았다.

이곳에 와서 거두기로 약조한 카이로시아, 로잘린, 스테이시, 케이트, 다프네가 워낙 출중한 미모를 가졌고, 그들 다섯이면 충분하다 여긴 때문이다.

스승의 부탁인 아드리안 공국을 위기로부터 구하는 임무는 거의 다 수행한 듯싶다.

이제 스승의 유해를 안장하고, 라이세뮤리안과 제니스케리안을 불러 수호룡 선포만 하게 하면 끝이다.

그렇게 되면 아르센 대륙의 어느 나라도 감히 아드리안 왕국을 적대시하지 못할 것이다. 적어도 라이세뮤리안과 제니스케리안의 수명이 다하는 날까지는 안전한 것이다.

그런데 헥사곤 오브 이실리프라는 요상한 것 때문에 마음이 불편하다. 이곳의 모두가 자신만 바라보고 있다.

국왕은 이실리프 마탑과 아드리안 왕국의 영원한 우정의 증표로 여인들을 품어 가교를 맺어달라고 했다.

하여 다는 아니지만 적어도 하나 정도는 거둬야 하는 것 아닌가 하는 생각을 하긴 했다.

여섯 중 누구를 택할지는 나중에 생각하기로 했는데 아무래도 마샤여야 할 것 같다. 율법 때문이다.

이곳 사람들은 고지식하고 율법에 얽매어 산다. 따라서 본인이 거두지 않으면 마샤는 내쫓김을 당할 것이다.

그건 화이트 후작가의 수치가 될 것이다.

현수는 아무 죄 없는 여인을 불러들였다. 100% 본인의 실수이다. 그렇기에 난감하다.

"마샤, 그만 울어."

"흐흑! 흐흐흑! 네. 흐흑!"

비록 마탑주로부터 버림받았지만 현수는 여전히 국왕과 동격인 절대자이다.

그렇기에 얼른 눈물을 훔치곤 고개를 조아린다.

"고개 좀 들어볼래?"

"…네에."

눈물 젖은 제시카 알바를 꼭 닮은 여인이 바라본다. 눈빛은 흐려져 있지만 여전히 예쁘다.

"우리 이실리프 마탑엔 수퍼포션이라는 걸 만드는 제조 비법이 있어. 그게 뭐냐 하면……."

잠시 현수의 설명이 이어진다.

마샤는 뜬금없는 이야기였지만 귀를 열고 경청했다. 괜한 이야기를 할 사람이 아니기 때문이다.

사실 수퍼포션이란 말은 이실리프 마법서에 없다. 현수가 작명한 것이기 때문이다.

상처 치료에 특화된 회복포션은 트롤의 정제된 피가 주된 재료이다. 이것은 손상된 조직이나 세포를 원상으로 회복시켜 주는 효능이 있다.

마나포션은 주재료가 만드라고라이다.

100년짜리 천종산삼과 비슷한 효능을 가졌는데 하나의 마나포션을 제조하는 데 두 뿌리가 소요된다.

하지만 현수는 한 뿌리로 하나의 마나포션을 만들 수 있다. 아르센 대륙엔 없는 정밀한 계측 기구가 있기 때문이고, 고효율 마나 집적진을 사용할 수 있기 때문이다.

아무튼 수퍼포션을 제조하려면 이런 만드라고라가 열 뿌리나 필요하다. 트롤의 선혈도 열 마리분이 있어야 한다.

만드라고라 하나의 가격은 100골드이다. 한화로 환산하면 무려 1억 원이다.

트롤의 선혈은 값을 매길 수 없다. 지구엔 이런 물질이 없기 때문이다. 그래도 굳이 값을 매긴다면 한 마리분의 선혈이 약 1억 원 정도 된다.

이 두 재료의 값만 따져도 수퍼포션은 하나당 20억 원이다. 이것 이외에도 비싸고 구하기 어려운 각종 약재가 있어야 제조 가능하다.

뿐만이 아니다. 수퍼포션을 제조하려면 최소 7서클 마스터는 되어야 한다.

성분과 성분의 배합비와 배합 타이밍이 절묘해야 하기 때문이다. 그리고 미세한 차이가 성패를 좌우하므로 고도로 숙련된 계산이 필요하다.

7서클 마스터 정도가 되어야 가능한 일이다.

결정적인 것은 고효율 마나 집적진을 그리고 사용할 수 있어야 하기 때문이다. 마나가 효율적으로 포션에 스며들도록 컨트롤하는 능력도 필요하다.

이런 것을 모두 종합하면 수퍼포션은 하나당 30억 원 이상의 가치가 있다. 돈이 있어도 살 수 없으니 더 비싸게 받아도 될 것이다.

현수는 구하기 어려운 재료뿐만 아니라 아주 정밀한 계측, 계량 기구가 있어야 비로소 배합할 수 있음을 설명했다.

모든 설명을 들은 마샤는 문득 궁금해졌다. 하여 저도 모르게 묻는다.

"그런데 그건 어디에 쓰는 건가요?"

"수퍼포션은 말이지……."

또 설명이 이어진다.

합방을 하기 전에 열흘간 마나 마사지를 받고 수퍼포션을 복용하면 신체가 어떻게 변하는지, 태어날 아기는 어떨지에 대한 설명이다.

"저, 정말이요?"

마샤의 눈이 더없이 커진다.

수퍼포션의 혜택을 입은 상태에서 마탑주와 결합하면 그야말로 책에서나 나올 만큼 뛰어난 아이가 태어난다니 어찌 놀라지 않겠는가!

마나 친화력이 최상급이니 마법을 쉽게 익힐 수 있으며 건강한 신체를 타고나서 평생 무병장수할 수 있다.

게다가 영특한 두뇌를 타고 태어난다니 모든 여인이 꿈에서나 그려보는 자식이다.

본인도 바디 체인지를 겪으면서 체질이 개선되어 종신토록 무병장수하게 되는 건 보너스이다.

"그래서 오늘 밤엔 마샤를 품을 수 없다고 한 거야. 내 말 무슨 뜻인지 알지?"

"……!"

마샤는 고개만 끄덕여 알았음을 표한다. 뭔가 배려를 받은 느낌인지 기분이 상당히 좋아 보인다.

현수도 자신의 계략이 통하자 기분이 좋았다. 그래도 이런 때에는 쐐기를 박아야 한다.

"그래도 마샤가 꼭 오늘 내 품에 안겨야겠다고 하면 그렇게 해줄게. 어떻게 할까? 오늘 안아줘?"

"네에? 아, 안 돼요! 나, 나중에… 나중에 안아주세요."

행여 몸에 손가락이라도 닿으면 부정 탈까 싶은지 화들짝 놀라며 물러앉는다.

어느새 술도 다 깬 듯 말짱한 표정이다.

그러고 보니 암울하던 눈빛도 생기발랄하게 바뀌어 있다.

"수퍼포션은 조금 전에 말했듯이 만들기가 상당히 어려워. 재료도 흔한 게 아니고. 그리고 만들자마자 복용해야 하는데 만들어놓은 게 없어."

이 말 중 일부는 뻥이다.

재료를 구하기 어려운 것은 사실이다. 하지만 현수의 아공 간엔 충분히 보관되어 있다.

마음먹고 만들려고 하면 5인분 정도는 만들 수 있다.

더 만들어낼 만드라고라는 충분히 있지만 트롤의 피는 약간 부족하고 다른 재료들도 조금은 더 있어야 한다.

현수가 구하려고 마음먹으면 그리 어려운 일도 아니다. 라수스 협곡으로 가면 어렵지 않게 구할 수 있기 때문이다.

만들자마자 복용해야 한다는 것은 뻥이다. 아공간엔 카이로시아와 로잘린을 위해 만들어놓은 것들이 들어 있다.

지구 시간으로 2013년 12월 26일에 만들었으니 5개월 가까이 지났다. 그럼에도 효능엔 아무런 문제가 없다.

아공간에 담겨 있는 한 변질되는 일이 없으니 앞으로도 1,000년은 끄떡없을 것이다.

순진한 마샤는 크게 고개를 끄덕인다. 현수가 팥으로 메주를 쏜다고 해도 믿을 만큼 순진한 때문이다.

"네에."

"재료를 다 모아 만들면 그때……. 알았지?"

현수는 부러 말끝을 흐린다. 만들었다고 꼭 안아주겠다는 약속은 하지 않으려는 의도이다.

"네, 그러세요. 기다릴게요."

마샤는 얼른 고개를 끄덕인다. 그리곤 별빛을 담은 시선으로 현수를 바라본다.

젊고 건강하다. 게다가 이 세상 사람들의 정점에 있는 너무도 위대한 인물이다.

이런 사람의 씨를 받아 아주 영특한 아기를 낳는 상상만으로도 흐뭇하고 행복한 듯 환한 미소를 짓고 있다.

"자, 그럼 이제 가서 자."

"네에? 그, 그건 안 돼요."

마샤가 당황한 듯 손을 내젓는다. 내일 새벽이 될 때까지 머물지 못하면 내쳐진 것으로 인정되기 때문이다.

"왜?"

"그, 그건… 제가 그냥 나가면……."

마샤의 말을 들은 현수는 화들짝 놀랐다. 왕국법에 대해 처음 들은 때문이다.

'뭐야? 세상에 이런 법이 어디 있어?'

한국의 법만 엉망이라 생각했는데 아드리안 왕국도 만만치 않다. 특히 마탑주가 버렸다고 멸문지화를 내리고 낙인까지 찍는 건 너무했다.

'흐음! 반드시 고쳐야 할 법이네.'

나중에 국왕을 만나면 수정을 요구할 생각이다.

"알았어. 그럼 아침이 될 때까지 여기 있어."

"네, 고맙습니다."

얼른 고개를 끄덕이곤 환히 웃는다.

너무도 예쁘고 섹시하다. 하긴 발가벗은 제시카 알바가 섹시하지 않아 보이면 눈이 삔 거다.

'끄응! 쩝!'

현수는 신체의 일부분이 말을 듣지 않자 나지막한 침음을 냈다. 그리곤 탁자 위의 것들을 정리하려 했다.

이런 거라도 하면 조금이라도 진정될까 싶어서이다.

"어머나! 제가 할게요. 주인님께서 어떻게 그런 일을……."

현수의 손에 잡힌 접시를 빼앗으려던 마샤는 균형을 잃는다. 현수가 힘을 빼지 않은 때문이다.

물컹―!

"어머나!"

쓰러지는 마샤를 잡았는데 하필이면 조금 전 그곳이다.

"으읏!"

현수는 손에서 느껴지는 탄력 있으면서도 부드러운 느낌에 얼른 손을 떼었다. 그 순간 마샤의 동체가 현수 쪽으로 완연히 기울었다.

"어맛!"

"⋯⋯!"

"죄, 죄송해요."

졸지에 현수의 품에 안겨 버린 마샤는 얼른 물러섰다.

한편 짧은 시간이지만 현수는 풍만한 여체에서 풍기는 그윽한 향을 맡을 수 있었다. 글자 그대로 여인의 향기[Scent of a woman]를 느낀 것이다.

"허험! 허허험!"

어색해진 분위기에 현수는 얼른 헛기침을 터뜨리곤 다리를 꼬고 앉았다. 감출 게 있어서이다.

"죄송해요, 주인님. 제가 좀 칠칠맞죠?"

"그, 그래. 난 괜찮아. 여기 이거 치워줄 거지?"

"그럼요!"

마샤가 주섬주섬 탁자 위의 것들을 치운다.

그런데 속살이 다 보이는 망사의만 걸치고 눈앞에서 알짱거리고 있기에 현수는 또 한번 침음을 삼킨다.

"으음!"

손만 뻗으면 원하는 대로 할 수 있다. 그런데 바라만 봐야 한다. 심히 마음에 들지 않는 상황이다.

"마샤, 난 어디 좀 다녀올 테니 여기 있어."

"네? 어디요?"

"그건 알 거 없고, 새벽까지도 내가 안 돌아오면 아침에 슬쩍 나가. 졸리면 내 침대 써도 돼."

"네, 알았어요."

마샤는 고개를 끄덕이며 환히 웃는다. 마탑주 본인이 자신의 침대를 써도 괜찮다고 말해 기쁜 것이다.

마탑주의 아내가 된 기분이 들었으니 어찌 안 좋겠는가!

그러는 사이 현수는 카이로시아가 있을 테세린의 좌표를 확인한다.

"마샤, 갔다 올게. 쉬고 있어. 텔레포트!"

샤르르르릉—!

현수의 신형이 안개처럼 흩어지자 마샤는 신기한 듯 눈을 비빈다. 그리곤 치우던 그릇들은 내버려 둔 채 얼른 침대로 달려가 다이빙을 한다.

출렁~!

푹신한 매트리스 침대가 아닌 돌침대였다면 코가 깨질 정도로 강력한 점프였다.

"아아! 이 냄새!"

마샤는 극세사 이불을 잡고는 냄새를 맡으며 탄성을 지른다. 향내가 느껴져서이다.

"이게 마탑주님의 체취인가? 하으음! 흐으음!"

마샤는 한껏 냄새를 맡으며 행복한 표정을 짓는다. 마탑주가 쓰던 침구를 같이 쓴다는 게 너무도 기분 좋아서이다.

이 대목에서 마샤가 착각하는 것이 있다. 이불에서 나는 냄새는 현수가 페브리즈를 뿌려두었기 때문이다.

현수는 이 이불을 한 번도 사용하지 않았으니 체취가 남아 있을 리 없다. 그럼에도 마샤는 현수의 체취가 향긋하다고 착각하고 있다.

*   *   *

똑, 똑, 똑!

"누구? 들어오세요."

삐이꺽—!

문이 열리자 나지막한 마찰음이 난다. 현수는 아공간에서 재봉틀 기름을 꺼내 마찰이 이는 부위에 뿌렸다.

"누구?"

잠시 시간이 지체되자 카이로시아의 음성이 다시 들린다.

"나야!"

"어머! 자기, 자기 온 거예요?"

책상 앞에 앉아 서류를 뒤적이던 카이로시아는 발딱 일어나더니 곧장 달려든다.

와다다다! 와락ㅡ!

"어이쿠!"

달려든 카이로시아를 받아 안으니 살짝 눈을 흘긴다.

"자기야, 왜 이제 왔어요? 얼마나 보고 싶었는지 알아요?"

"미안, 미안. 내가 여러 일로 좀 바빴어."

"치! 설마 다른 여자들 만나느라……. 어머! 아니에요."

카이로시아는 자칫 투기하는 모습으로 비춰질까 두렵다는 듯 얼른 말을 끊는다.

모처럼 온 사랑하는 임이다. 심기를 건드려 좋을 일이 뭐가 있겠는가! 게다가 본인은 마탑주의 첫째 부인이 된다.

아우가 될 나머지 부인들을 거느려야 하는 입장이다.

둘째는 그렇다 쳐도 셋째는 성녀이고, 넷째는 드래곤의 제자, 다섯째는 드래곤의 딸이다.

어느 누구도 평범하지 않다.

이런 쟁쟁한 아우들을 잘 다스리며 권위를 지키고 가정의 평화까지 유지해야 할 책무가 있기에 늘 너그러워야 한다고 마음먹었지만 그만 말실수를 한 것이다.

얼른 현수의 품을 벗어난 카이로시아는 고개를 숙이며 풀

죽은 목소리로 말한다.

"죄송해요. 다시는 안 그럴게요. 용서해 주세요."

"…잘못한 건 아는 거야?"

"네."

기어들어 가는 목소리이다.

"그럼 벌 받아야지."

"……!"

카이로시아는 두렵다. 자기가 사랑한 남자는 이렇듯 냉정히 말하는 사람이 아니기 때문이다.

"이리 와."

"으읍!"

갑작스레 잡아끌자 헝겊 인형처럼 힘없이 딸려간 카이로시아는 자신의 입술을 덮는 무엇인가를 느낌과 동시에 눈을 감았다. 속눈썹이 바르르 떨린다.

고대하던 순간이기 때문이다. 설왕설래가 시작되자 카이로시아는 전신의 맥이 탁 풀리는 듯 늘어진다.

어찌 내버려 두겠는가!

현수는 카이로시아의 교구를 바짝 끌어안았다.

"…이게 벌이야."

"아아! 사랑해요. 너무 보고 싶어서……. 이젠 어디 가지 마요. 네? 늘 제 곁에 있어줘요. 자기야가 없으니까 세상이 너무 허전해요."

"알았어. 하지만 조금 더 기다려. 끝낼 일은 끝내야지."

"알았어요. 근데 그동안 뭐 하셨어요?"

"나? 얘기하자면 긴데 괜찮겠어?"

"그럼요. 밤은 길잖아요."

"그렇지. 밤은 길지. 그럼 이리로 좀 와. 아, 잠깐."

말을 마친 현수는 얼른 아공간에서 푹신한 소파를 꺼냈다. 1인용이다. 카이로시아의 눈이 당연히 커진다.

"어머! 이건……. 이런 거 또 있으면 제게……."

"알았어. 이런 건 나중에 많이 줄게."

카이로시아는 장사꾼 딸 아니랄까 봐 새로운 물건만 보면 환장하는 경향이 있다. 부친이 공작이 되었음에도 이러한다. 곧 왕비가 될 터인데 심히 걱정된다.

"자, 이리 와 앉아."

"어머!"

현수는 로시아를 무릎에 앉혔다. 그리곤 교구를 끌어안았지만 몸을 빼지는 않는다.

현수는 카이로시아의 등을 부드럽게 쓰다듬으며 이야기를 시작했다. 둘이 마지막으로 만난 것은 지난 12월 21일이다. 이곳 아르셀렉이다.

오늘은 2월 16일이니 꼬박 2개월 정도 시간이 흘렀다. 그간 일어난 일이 어디 한두 가지겠는가!

해적들을 제압한 뒤 로잘린을 구하고 그곳에 이실리프 왕국을 만들었다는 말에 깜짝 놀란다.

"어머! 정말요? 제가 정말 이실리프 왕국의 제1왕비가 되는 거예요? 정말요?"

에델만 백작가에서 태어났으니 귀족가의 여식이기는 하지만 단 한 번도 왕비와 같이 지고한 신분이 될 것이라곤 상상조차 하지 않았다.

오히려 홀로 늙어갈 확률이 매우 높으니 상단 일에나 신경써야겠다고 생각했다.

그러다 하인스 백작을 만났고, 그대로 매료되어 버렸다.

백작부인이 되는 것만으로도 감지덕지하다 여겼는데 알고 보니 이실리프 마탑주라고 한다.

어찌 놀라지 않을 수 있겠는가!

그때도 기절할 듯 놀랐다. 그런데 오늘은 더하다.

이번엔 왕비가 된다고 한다. 그것도 제1왕비의 자리에 봉해진다고 하니 또 놀란 것이다.

"그래, 로시아가 제1왕후야. 좋지?"

"자기야……!"

로시아는 말을 잇지 못한다. 물론 너무나 좋아서이다.

제1왕비가 되어서가 아니다. 현수가 마음 써주는 것이 너무도 고맙고 황송해서이다.

따지고 보면 특별할 것도 없는 귀족가의 여식일 뿐이다.

그리고 이곳 사람들 기준으로 따지면 혼기를 놓친 노처녀
인지라 심히 장래가 걱정되는 중이다.

그런데 가장 높은 곳까지 올려주면서도 아무런 생색을 내
지 않는다. 그저 그윽한 눈빛으로 바라보고만 있을 뿐이다.

"자기야, 상 줄게요. 눈 감아봐요."

"눈? 알았어."

현수가 눈을 감자 카이로시아의 입술이 다가온다.

쪼옥―!

"으읍……!"

진한 입맞춤을 상으로 주려던 카이로시아는 입술뿐만 아
니라 혀까지 빼앗겼다.

현수는 카리로시아의 교구를 부드럽게 쓰다듬며 설왕설
래에 집중했다. 신체의 한 부분은 이미 통제를 벗어났다.

하지만 오늘은 활약할 기회가 없을 것이다. 아직 카이로시
아가 수퍼포션을 복용하지 않은 때문이다.

"자기, 오늘 여기서 자고 갈 거죠?"

로시아는 손가락에서 한 번도 빼지 않은 반지를 보여준다.

언제고 품이 그리우면 보듬어주겠다고 약속할 때 준 것이
다. 현수는 빙그레 웃으며 고개를 끄덕였다.

"샤워는 하셨지요?"

"그럼. 조금 전에 했어."

샤워는 지구에서 했다. 그렇기에 고개를 끄덕였다.

잠시 후, 카이로시아는 현수의 팔베개를 하고 그간 있던 일을 미주알고주알 이야기한다.

콱 깨물어주고 싶을 만큼 어여쁜 여인이다.

현수는 몇 번의 입맞춤을 더 하곤 눈을 감았다. 잠이라도 자지 않으면 사고를 칠 것만 같아서이다.

'얼른 수퍼포션을 만들어야겠군. 장인어른 만나 날짜도 잡고. 근데 따로따로 결혼식을 올리면 좀 번거롭지? 그래, 왕국 선포를 하는 그날 합동으로 하자.'

이런저런 생각을 하는데 나직한 숨소리가 들린다. 품속에 안겨 깊이 잠든 카이로시아가 내는 소리다.

현수는 부드러운 손길로 흘러내린 머리카락을 정리해 줬다. 잠결에 간지러움을 느끼는지 몇 번이나 밀어냈지만 끝끝내 정리해 주었다.

"잘 자. 내 꿈꿔."

쪽―!

잠든 로시아의 입술에 입맞춤을 해주곤 누웠다. 조금 잠들어볼 생각이다.

CHAPTER 08
경건한 안장식

전능의팔찌
THE OMNIPOTENT
BRACELET

　　쨕, 쨕, 쨕—!

　　"하음! 어머!"

　　잠에서 깨어난 로시아는 거울을 보고 있는 현수를 보고는 발딱 일어난다. 늦잠을 잤다 생각한 모양이다.

　　"자기야, 미안해요. 어제 좀 피곤했나 봐요."

　　"아니, 괜찮아. 늦잠 잔 것도 아닌데, 뭘."

　　"근데 왜 그 옷을 입고 있어요?"

　　카이로시아는 현수가 걸치고 있는 휘황찬란한 예복을 보고 고개를 갸우뚱거린다.

이런 옷을 입고 갈 만한 곳이 없기 때문이다.

로니안 공작 일행은 지금 라수스 협곡 안에 있다. 이곳 테세린에 당도하려면 아직 멀었다. 따라서 현수가 의복을 정제할 아무런 일도 없으니 의아하다는 표정을 짓는 것이다.

"로시아, 오늘은 내가 가볼 곳이 있어. 시간이 조금 걸릴 거야. 그러니 로시아는 밀린 서류들과 씨름해도 될 거야."

"어디… 가세요?"

"응. 아드리안 왕국에 가봐야 해."

"아! 그럼 다녀오세요. 저는 괜찮아요."

로시아는 왜 가느냐고 묻지 않는다.

사내가 하려는 일을 꼬치꼬치 캐묻거나 일일이 간섭하는 것은 기품 있는 여인이 할 일이 아니라 생각하기 때문이다.

"그래, 거기 일만 마치면 로니안 공작님 모시고 이곳으로 올 거야. 그런 다음에 이실리프 왕국으로 가자."

"……!"

카이로시아는 아무런 대꾸 없이 동의한다는 뜻으로 고개만 끄덕인다.

"왕국 선포하는 그날 결혼식을 올릴 거야. 내 제1왕비가 되어줄 거지?"

"치! 맨입으로요?"

"그런가? 그럼 안 되지. 자, 이거……."

현수가 내민 것은 푸른 벨벳으로 싸여 있는 반지 함이다.

딸깍—!

뚜껑을 열자 커다란 다이아몬드가 박힌 반지가 반짝이고 있다. 적어도 10캐럿은 되는 것이다.

"이건 결혼해서 제1왕비가 되어달라는 뜻으로 주는 거야. 평생 행복하게 해줄게. 나하고 결혼해 줘. 그럴 거지?"

화려한 예복을 걸친 현수가 한쪽 무릎을 땅에 대고 정중히 반지 함을 내밀자 카이로시아는 얼른 받아 든다.

"네! 사랑받는 아내가 되도록 노력할게요. 고마워요. 청혼 해 주셔서."

"하하! 다행이네. 난 결혼 안 한다고 할까 봐 걱정했는데."

"치! 그런 말이 어디 있어요? 밤새 껴안고 잤으면서."

카이로시아가 살짝 눈을 흘긴다.

현수 본인은 모르지만 밤새 카이로시아를 주물럭거렸다. 채워지지 않는 본능 때문이었다.

때문에 잠에서 깬 카이로시아는 밤새도록 고생했다. 달귀 만 놓고 실전에 돌입하지 않은 현수 때문이다.

*   *   *

"어서 오십시오, 마탑주님!"

"네, 국왕전하!"

현수와 아민 멘데스 폰 아드리안 국왕은 서로에게 더없이 정중하게 예를 갖췄다. 공식적인 자리이기 때문이다.

오늘은 멀린 아드리안 반 나이젤이 영원한 안식을 얻는 날이다. 이를 위해 왕국의 귀족들이 총집결하였다.

왕비와 왕자, 그리고 공주들도 모두 참석해 있다.

이곳은 헥사온 오브 이실리프의 후원이던 자리에 마련된 묘소이다. 공식 명칭은 '이실리프가 정지된 곳' 이다.

이실리프란 아르셴 대륙어로 '위대한 마법사의 생애' 라는 뜻이다. 따라서 위대한 마법사의 생애가 멈춘 곳이라는 표현이다.

이곳은 드나들 수 있는 별도의 문이 있는데 출입구의 위에는 아르셴 대륙어로 다음과 같이 양각되어 있다.

The master of whole wizards and absolutely great man Merlin Adrian van Nigel's eternal rest.

Without exception, Be quiet and be reverent!

세상 모든 마법사의 정점이며, 누구보다도 위대했던 거인 멀린 아드리안 반 나이젤의 영원한 안식처.

예외 없이 조용하고 경건하라!

매년 오늘을 기념하여 이곳에선 국왕이 집전하는 예식이 치러질 것이다. 아드리안 왕국의 2월 18일은 '위대한 시조의 날[The day of great progenitor]' 이다.

노예와 농노까지 하루를 쉬며 시조를 기리는 날이다.

모든 분쟁 또한 정지되어야 한다. 영지전 중이라도 이날만큼은 검을 놓아야 한다.

만일 이날에도 시조를 기리지 않고 전쟁을 계속한다면 이웃 영지 전부가 나서서 징치하도록 법이 제정되었다.

현수는 빽빽하게 채워져 있는 사람들을 보고는 고개를 끄덕였다. 하나같이 예복 차림인 것을 보면 모두가 귀족이다.

변방의 작은 영지의 영주들까지 모두 모인 것은 개국 이래 처음 있는 일이다.

덕분에 아드리안 왕국의 수도 멀린은 몸살을 앓는 중이다.

모든 숙박 시설은 100% 채워졌고, 식당마다 손님들로 넘쳐난다. 남작과 자작도 귀족이건만 요즘엔 거의 평민 취급을 받는다. 즐비한 백작, 후작, 공작들 때문이다.

현수와 국왕이 정중히 예를 갖추자 기다렸다는 왕실 시종장이 예식용 스태프로 바닥을 두드린다.

쿵, 쿵, 쿵—!

"지금부터 우리 아드리안 왕국의 시조이신 위대한 존재 멀린 아드리안 반 나이젤 님의 안장식이 거행될 예정입니다. 모두 무릎을 꿇어 예를 갖추시길 바랍니다."

쿵, 쿵―!

스태프가 바닥을 두 번 두드리자 일제히 한쪽 무릎을 바닥에 대고 공손히 고개를 조아리며 예를 갖춘다.

귀족은 물론이고 왕자와 공주, 그리고 왕비와 국왕까지도 정중히 고개를 숙이고 있다.

하지만 딱 한 사람, 현수만은 아직 뻣뻣하게 서 있다. 상주이며 아공간에 담긴 멀린의 관을 꺼내야 하기 때문이다.

"아공간 오픈!"

허공에 시커먼 구멍이 일렁이자 손을 넣는다.

"출고!"

말 끝나기가 무섭게 미스릴 관이 튀어나온다.

"플라잉 블랭킷!"

마법 원반이 생성되자 그 위에 관을 올려놓는다.

그리곤 천천히 관 뚜껑을 연다. 보존 마법진이 그려져 있는지라 생전의 모습 그대로다.

쿵, 쿵―!

"모두 고개를 드시오."

왕실 시종장의 구령에 따라 모두가 고개를 들어 관을 바라본다. 하지만 멀린의 얼굴이 보이는 것은 아니다.

현수는 여전한 스승의 모습에 울컥하는 기분이 든다.

'스승님……!'

아르센 대륙에 처음 발을 들여놓았을 때 30분 정도밖에 같이하지 못했다. 지금 생각해 봐도 참 아쉽다.

조금만 더 일찍 왔다면 더 많은 가르침을 받을 수 있었을 것이기에 그러하다. 그랬다면 아드리안 공국의 위기는 더 빨리 해소되었을 것이다.

어쨌거나 오랜 시간 정든 사람과 헤어지는 것 같아 눈물이 나온다. 찌질하던 인생을 바꿔준 인물, 존경하는 스승, 자애로운 할아버지를 한꺼번에 잃은 기분이 든 때문이다.

현수는 공손히 예를 갖췄다.

한국식으로 두 번의 큰절과 한 번의 반절이다. 절을 올리며 현수는 스승이 영원한 안식을 갖기를 기원했다.

"스승님, 고맙고 또 고맙습니다. 편히 쉬십시오."

무슨 말이 더 필요하겠는가!

현수가 정중히 예를 갖추는 동안 모든 이가 고개를 들어 이 모습을 보고 있다.

자리에서 일어선 현수는 천천히 걸어 멀린이 영원히 쉴 곳으로 이동했다. 귀족들은 멀린의 마지막 모습을 보기 위해 통로 곁에 도열해 있다.

관이 지나칠 때마다 귀족들은 공손히 고개를 숙여 예를 갖추며 한마디씩 한다.

"시조님의 영원한 안면을 기원드리옵니다."

"시조님이 계셨기에 오늘날 저희가 있사옵니다. 부디 아드리안 왕국을 영원히 수호하여 주시옵소서."

"마탑주님의 마지막 모습 잘 보았습니다. 평화로운 영면에 드시길 기원드리옵니다."

"주신이시여, 저희 시조께서 편히 쉬시도록 보살피소서."

"시조님의 유지를 받들어 평화로운 나라가 되도록 애쓰겠나이다. 부디 아드리안을 보살피소서."

상당히 긴 통로다. 현수는 시종일관 엄숙한 표정으로 관을 이끌었다. 드디어 관이 안치될 자리에 당도하였다.

"매직 캔슬!"

마법 원반이 사라지자 미스릴 관은 정해진 위치에 사뿐히 내려앉는다. 현수는 고개를 들어 장내를 휘돌아보곤 장중한 음성으로 소리쳤다.

"보아라! 여기 세상 모든 마법사의 정점에 계시던 위대한 마법사께서 계시다!"

마나가 실린 현수의 음성에 모두가 시선을 모은다.

"나는 이실리프 마탑의 제2대 마탑주로서 이 자리에서 선언하노니 누구든 이분의 영면을 방해하는 자는 이실리프 마탑의 분노를 살 것이다!"

이로써 멀린의 영면을 방해할 자들은 사라진 셈이다.

아르센 대륙에서 이실리프 마탑의 뜻을 거스를 자는 아무도 없기 때문이다.

그래도 한마디 더 해야겠기에 현수는 입을 열어 말했다.

"신이시여! 위대한 마법사의 영면을 보호하소서!"

현수의 말이 끝남과 동시에 관 뚜껑이 서서히 닫힌다.

장내의 모든 인사는 멀린의 마지막 모습에 시선을 집중한 채 고요함을 유지하고 있다.

너무도 엄숙한 분위기인지라 누구 하나 입을 열어 소리 낼 생각조차 하지 못한다.

쿠웅—!

드디어 관 뚜껑이 닫혔다.

현수는 대기하고 있는 인부들에게 시선을 주고 고개를 끄덕였다. 곧 준비해 둔 자재들로 공사를 시작한다.

공사가 진행됨에 따라 현수는 세 겹의 통로에 그려 넣은 마법진에 활성화 마법을 부여했다.

상당히 치밀하게 준비해 둔 공사지만 시간은 오래 걸렸다. 그래도 어느 누구도 자리를 뜨지 않았다.

현수가 지켜보고 있고 국왕 또한 엄숙한 표정으로 서 있는데 누가 감히 자리에 앉거나 바깥으로 나가겠는가!

"수고가 많으셨습니다, 마탑주님."

"네, 스승님을 이렇게 모실 수 있어 좋군요. 준비하느라 애 쓰셨습니다."

현수와 국왕이 주고받은 대화이다.

"시장하실까 싶어 음식을 준비해 두었습니다."

"알겠습니다. 가지요."

현수는 고개를 끄덕였다. 하지만 곧바로 바깥으로 나간 것 은 아니다.

천천히 걸어 스승의 관 위에 만들어진 기념비로 다가가 정 중히 허리를 꺾는다.

"스승님, 영면에 드시옵소서."

허리를 펴자 국왕이 다가와 같은 예를 취한다. 곧이어 왕국 의 모든 귀족 또한 예를 취한다.

이로써 멀린의 안장식이 성대하게 끝났다.

"마탑주님 덕분에 왕국이 안정되었습니다. 아울러 시조님 을 모실 수 있었습니다. 감사드립니다."

"스승님께서 왕국의 안위를 많이 걱정하셨습니다. 앞으로 는 위기에 처하는 일이 없도록 잘 준비하십시오."

"네, 이제부터는 마탑주님의 말씀대로 늘 준비하는 자세로 살겠습니다."

헥사곤 오브 이실리프 바깥에는 연회장이 준비되어 있다.

현수와 국왕은 상석에 나란히 앉아 술과 음식을 즐겼다.

"그나저나 '검은 별의 전설호'는 내일 당도하는 것이 맞는지요?"

"네, 내일 오전에 입항한다고 합니다. 내일이면 다프네 님의 행방을 알 수 있을 것입니다."

"알겠습니다."

현수는 고개를 끄덕였다. 그리곤 이런저런 이야기를 주고받았다.

"참, 그제 마샤 화이트 폰 그레고리 양을 처소로 부르셨다 들었습니다."

국왕의 두 딸도 헥사곤에 있으니 보고가 들어가는 건 거의 실시간일 것이다. 그러니 국왕이 알고 있는 것도 이상한 일은 아니다.

"…그렇습니다."

"경하드립니다. 그리고 감사드립니다. 마탑주님의 왕비에 우리 아드리안의 여인 또한 포함되었습니다. 이로써 양국 간의 우의가 더 돈독해지길 바랍니다."

"당연히 그래야지요. 아드리안 왕국은 영원히 이실리프 왕국의 우방국이 될 겁니다."

현수가 고개를 끄덕이자 국왕은 아주 기분이 좋은 듯하다.

"부디 소피아와 아이리스, 그리고 이사벨과 나오미, 마지막으로 아그네스도 아껴주시기 바랍니다."

"…그래야지요."

헥사곤의 여인들을 취하고 말고는 전적으로 현수 본인의 의사에 좌우된다. 그럼에도 국왕이 이처럼 간곡히 말하니 더 이상 거두지 않겠다는 말을 해선 안 된다.

좋은 분위기 다 깨지기 때문이다.

같은 순간, 헥사곤엔 왕실 시녀들이 방문해 있다. 마탑주의 제1부인이 된 마샤의 의전 때문이다.

시녀들이 마샤의 치수를 재는 동안 소피아와 아이리스 공주 등은 깍듯하게 마마라는 칭호를 쓰며 예를 갖춘다. 이제 공주라 해도 함부로 대할 수 없는 위치가 된 때문이다.

마샤는 이제 헥사곤에만 머물지 않아도 된다.

다시 말해 언제든 외출이 가능하다. 아울러 모든 공식 행사에 참석할 권한을 얻었다.

마탑주의 제1부인은 국왕의 제1왕비와 같은 서열이니 공작이라 할지라도 함부로 대할 수 없는 신분이다.

따라서 마샤가 외출할 때엔 엄중한 경호를 받게 된다. 제1왕비의 그것과 동일하다.

마샤는 이 모든 것이 꿈만 같다. 그렇기에 싱글벙글하고 있고, 나머지 다섯 여인은 한없이 부럽다는 표정이다.

어제 아침, 이들 다섯은 세상의 중심에서 마탑주와 함께 나오는 마샤를 보고 기절할 듯 놀랐다. 고대하던 간택이 드디어 이루어진 것을 알았기 때문이다.

어쨌거나 마샤는 마탑주와 밤을 함께 보냈다.

원래는 처녀막 검사를 한다. 평상시엔 석 달에 한 번 이 검사를 하여 순결이 유지되는지를 파악한다.

그런데 이 검사를 건너뛰었다. 다섯의 증언이 너무도 확실하였기에 이 과정이 생략된 것이다.

공주 둘과 공녀 둘, 그리고 후작의 손녀가 그렇다는데 어찌 시녀 따위가 토를 달겠는가!

마샤 입장에선 정말 천운이다. 그 결과가 현재 상황이다.

한편 화이트 후작가에서도 난리가 벌어지고 있다.

마샤가 마탑주의 제1부인으로 간택되었다는 소식이 전해지자 모두가 환호성을 울리며 잔치 준비가 한창이다.

'고생 끝, 행복 시작!' 이라는 말이 진심으로 느껴지니 어찌 안 그렇겠는가!

반대로 화이트 후작가를 넘보던 로만 백작가엔 비상이 걸렸다.

"어쩌지? 지금이라도 후작가를 찾아가야 하는 거야?"

"아무래도 그러셔야 하지 않을까요?"

백작은 기사단장의 근심스런 표정을 보고 낯빛이 흐려진다. 그동안 다소 무례하게 굴었고, 노골적으로 화이트 후작의 영지를 탐낸 것이 소문난 상태이다.

이 때문에 저쪽에서 발작을 하면 그걸 기회로 영지전을 선포하려는 의도였다. 따라서 무례하고 노골적으로 영지를 탐낸 것은 사전에 계산된 전략이다.

그런데 지금은 심히 부담스럽다. 화이트 후작가를 건드리는 것은 마탑주에게 욕을 한 것이나 다름없다.

마샤가 공주와 공녀들을 모두 제치고 마탑주의 제1부인이 된 때문이다.

"어떻게 하지? 어떻게 해야 할까? 끄으응!"

그간의 무례를 트집 잡으면 문제가 된다. 상대는 후작이고 이쪽은 백작이기 때문이다.

하극상을 범했으니 왕궁으로부터 처벌하겠다는 교지가 날아올 수도 있다. 그 결과 자칫 자작이나 남작으로 작위가 낮아질 수도 있고, 영지 일부를 빼앗길 수도 있다.

전혀 원하지 않은 일이다.

백작은 기사단장을 앞에 둔 채 장고에 빠져들었다.

하지만 대책은 없다. 상대의 입장에서 생각해 보니 괘씸하기 이를 데 없어 조만간 사달이 날 듯하여 조마조마하다. 그렇다고 영지를 버려둔 채 도망갈 수도 없다.

"끄응! 어떻게 하지?"

"저어… 영주님."

"오, 그래. 어서 말하게. 뭐 좋은 수라도 있나?"

백작은 기사단장의 입술만 바라보고 있다.

"우리가 먼저 예물을 보내는 건 어떨까요?"

"예물? 무슨 예물?"

"화이트 후작의 따님께서 마탑주님의 제1부인이 되셨으니 경하드린다는 의미로 금화를 보내십시오."

백작은 대꾸하지 않고 어서 말을 이어가라고 손짓한다. 지금은 사소한 것이 중요하지 않기 때문이다.

"저쪽에서 생각하기에 '이건 누가 봐도 무리다'라고 생각할 정도로 거금을 보내셔야 합니다. 안 그러면 효과가 없을 테니까요."

"그래? 그, 그럼 얼마나 보내지? 오천 골드? 만 골드?"

1골드가 한화로 약 100만 원이다. 따라서 1만 골드라면 100억 원 정도의 거금이다.

"흐음, 그거 가지곤 어려울 겁니다. 적어도 10만 골드 정도는 되어야 무리했다 생각하지 않을까요?"

"시, 십만 골드나?"

자린고비 뺨치게 인색하고 탐욕스런 백작이기에 십만 골드라는 말에 정신이 혼미해진 듯 털썩 주저앉는다.

하긴 1,000억 원이면 지구에서도 엄청나게 큰 금액이다. 아등바등 재물을 모았으니 아깝기는 할 것이다.

기사단장은 영주의 성품을 알기에 쐐기를 박는다.

"작위가 낮춰지거나 영지를 잃으실 수도 있습니다. 십만 골드를 택하시겠습니까, 아님 작위와 영지를 보존하실 겁니까? 최악의 경우 평민이 되실 수도 있습니다."

이건 대답이 정해진 물음이다. 일 년에 약 2만 골드쯤 순이익이 발생되는 영지를 보존하는 것이 훨씬 낫다.

"다, 당연히 영지지. 근데 정말 10만 골드나 가져다 줘?"

"그것만으론 부족하지요."

"부족해? 10만 골드나 되는데?"

백작은 대체 무슨 소리냐는 표정으로 바라본다.

"네! 부족하다 여길 수도 있습니다. 화이트 후작님의 영지가 지난 몇 년간 몹시 어려웠다는 거 아시죠?"

"당연히 알지. 소출이 점점 줄어 기사단도 제대로 유지 못하는 지경이잖아."

화이트 후작의 영지를 먹기 위해 거의 날마다 세작을 보냈으니 그쪽 사정은 손바닥 들여다보는 듯 훤하다.

"이쯤해서 10만 골드와 밀 10만 포대가 들어가면 어떻게 되겠습니까?"

"밀 10만 포대를 추가로?"

"그게 아까우십니까? 원가로 따지면 30만 실버이니 3,000골드에 불과합니다."

"그, 그런가? 아무튼 그게 들어가면 마른 논에 물 들어간 것처럼 아주 좋겠지."

"그렇죠? 그럼 그쪽에서 우릴 어떻게 생각하겠습니까? 죽을 지경이었는데 확 피면 지금껏 괘씸하다 생각했더라도 조금은 너그러워지지 않겠습니까?"

"으음! 그럴까?"

백작은 턱을 괴었다. 아무래도 10만 골드는 너무 과하다 싶어 뭔가 다른 수가 없을까 고심하는 것이다.

"실기하면 20만 골드로도 못 막습니다."

기사단장 역시 필사적이다. 백작이 작위를 잃으면 충성을 맹세한 기사단은 자연히 해산된다.

이렇게 해산된 기사단 소속 기사들은 기껏해야 용병으로 살아야 한다. 정말 특별한 경우가 아니면 다른 영지에서 받아들이지 않기 때문이다.

따라서 기사단장 역시 똥줄이 타기는 마찬가지이기에 백작으로 하여금 거금을 쾌척하도록 종용하고 있는 것이다.

"영주님, 이번엔 제 말대로 하십시오. 그게 만수무강에 도움이 될 겁니다."

"그, 그럴까?"

"네, 하루라도 빨리 저쪽에서 가질 수 있는 반감이나 노화를 누그러뜨려야 합니다. 그러니 조금 무리다 싶어도 결행하시는 것이 좋을 겁니다. 돈이야 또 모으면 되잖습니까?"

잠시 뜸을 들인 백작은 크게 고개를 끄덕인다.

"…그래, 자네 말대로 하지. 그런데 전표로 보내면 되지?"

"아뇨. 무겁더라도 현금으로 보내셔야 합니다. 그래야 바로 쓸 수 있고 받은 사람도 부담스러우니까요."

"알겠네. 그리하지. 호송 책임은 자네가 맡아주게. 서찰을 써줄 테니 저쪽에 잘 전해드리고."

기사단장은 이제야 제 뜻대로 되는 것이 마음에 드는지 크게 고개를 끄덕인다.

"물론입니다. 화이트 후작님을 만나 뵙고 그간의 무례를 용서해 달라는 백작님의 말씀을 꼭 전해드리겠습니다."

"알았네. 자네만 믿겠네."

백작은 힘없이 고개를 끄덕인다. 거금을 빼앗기는 기분이 들어 몹시 아깝지만 그래도 어쩌겠는가!

마탑주의 장인이 되실 분이다.

분노를 사면 이실리프 마탑은 물론이고 영광의 마탑과 왕궁에서도 치고 들어올 수 있다. 아니면 인근 영지의 모든 기사와 마법사들이 총출동할 수도 있다. 따라서 체면이나 자존심에 연연할 것이 아니라 바짝 엎드려야 할 때다.

"하면 지금 바로 10만 골드를 챙겨 다녀오겠습니다. 빠를수록 좋으니까요."

"그래, 그렇게 하게. 돈은 재정관에게 내달라 하게."

말을 마친 백작은 종이를 꺼내 '10만 골드와 밀 10만 포대 인출' 이라 쓰곤 약지에 끼워져 있는 반지에 인주 비슷한 것을 바르고 꾹 누른다.

영주의 허가가 떨어졌음을 알려주는 증빙이다.

기사단장이 절도 있게 예를 갖춘 후 물러가자 백작은 털썩 주저앉는다.

"쓰벌! 먹지도 못할 걸 괜히 욕심 부렸다가⋯⋯. 쩝! 10만 3,000골드라니. 영지의 세율을 올려야겠군. 총관! 총관!"

백작의 부름에 후다닥 달려온 총관은 영지의 세율을 10%나 올리라는 명령에 고개를 좌우로 젓는다.

"그건 안 됩니다, 영주님!"

"안 돼? 왜 안 돼?"

"며칠 전에 결재하신 서류 중에 왕궁에서 온 공문 못 보셨습니까?"

백작은 무슨 소리냐는 표정으로 바라본다.

"각 영지마다 다른 세율을 적용하여 일부 영지의 영지민들이 유민이 되어 다른 나라로 넘어가는 것을 막고자 왕국의 세율을 통일한다는 공문이 왔습니다."

"그, 그래? 얼마로 하라는데? 전보다 오른 거야?"

"아뇨. 내렸습니다. 우리 영지는 종전보다 35%를 낮춰야 합니다."

백작의 영지는 소출, 또는 수입의 75%가 세금이다. 그런데 이를 40%로 낮추라는 공문이 온 것이다.

"왕국법에 따르면 각 영지의 세율은 영주가 자율적으로 정하는 것 아닌가?"

"맞습니다. 왕국법엔 그렇게 명기되어 있지요."

"그런데 왜?"

"우리 영지를 기준으로 말씀드리자면 영지민들로부터 거둬들인 세금은 소출의 70%입니다. 그중 25%를 왕궁으로 납부했구요."

"그래, 그렇지."

백작은 영지 총 소출의 45%를 차지했다. 그렇기에 거의 후작급에 달하는 호사스런 생활을 할 수 있었다.

영지마다 약간씩 다르지만 다른 영지들의 평균 세율은 50%였다. 이 중 절반을 왕궁으로 보내고 나머지를 영지 유지 비용으로 썼다.

다시 말해 소출의 25%가 각 영주의 몫이었다.

"공문에 의하면 왕궁에선 세율을 40%로 낮추는 대신 15%만 보내라고 합니다."

다른 영지들은 영주가 여전히 25%를 갖기에 변화가 없다. 하지만 백작은 수입이 절반으로 줄어든다.

멍청하지 않기에 총관의 말에 눈을 크게 뜬다.

"뭐? 그, 그게 정말인가?"

"네, 국왕전하께오서 왕국민이 보다 윤택한 삶을 살 수 있도록 베푸시는 것이라 하옵니다."

현수가 준 이실리프 마탑의 금은보화가 국고를 튼튼히 하여 세금을 낮춰준 것이다. 현수의 덕이라면 덕이다.

"끄으응!"

백작은 나직한 침음을 토한다. 수입이 절반으로 줄면 영지를 유지하고 간신히 몇 푼 남는 수준이기 때문이다.

"으으! 내 10만 골드! 그걸 어디서 벌충하지?"

백작의 중얼거리는 소리를 듣지 못한 총관은 고개를 갸웃거린다. 어디 아픈가 싶은 것이다.

현수가 아무 생각 없이 밧줄을 잡아당긴 결과 화이트 후작가는 살판이 났고, 후작의 영지를 삼키려던 백작은 초상난 얼굴을 하고 있다. 가히 나비효과라 할 만하다.

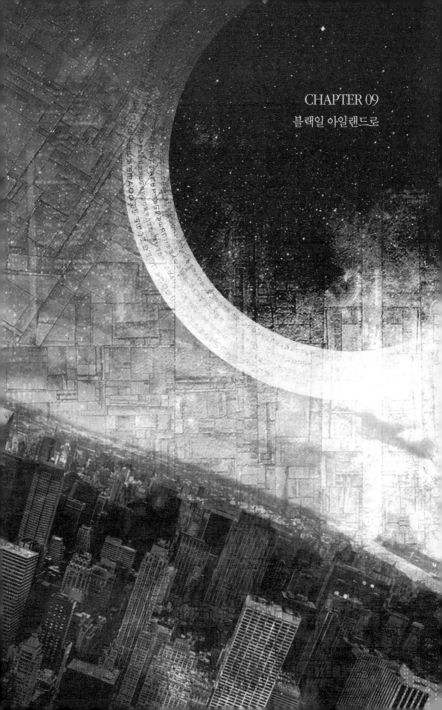

CHAPTER 09
블랙일 아일랜드로

　"마탑주님, 왕실 기사단장 윌콕스 레온 데 헤일라가 알현
을 청하옵니다."

　"들라!"

　"네!"

　현수의 허락이 떨어지자 왕궁에서 특별히 파견된 레온 백
작이 문을 열고 들어선다.

　"그래, 알아보았는가?"

　"네, 선원들을 심문한 결과 다프네 님은 이곳으로부터 남
동쪽으로 약 600㎞ 떨어진 곳에 위치한 블랙일(Black eel) 아

일랜드에서 내리셨다 하옵니다."

"블랙일 아일랜드? 검은 장어 섬? 검은색 장어가 많이 잡히는 섬인가?"

섬 이름치고는 참 이상하기에 물은 말이다.

"아닙니다. 선원들의 말에 의하면 시커먼 바위로 이루어진 섬인데 장어처럼 길쭉해서 그런 이름이 붙었다고 합니다. 장어가 잡히는지의 여부는 모릅니다."

"그래? 그럼 어느 나라 영토인가?"

"그 섬은 주인이 없답니다. 무인도지요. 샘물은 있지만 농토로 쓸 만한 땅이 없어 아무도 살지 않는다고 합니다."

"…그런 섬에 다프네가 내렸다고?"

사람이 살지 않는다 함은 주거 시설이 없다는 뜻이다. 그런 섬에 내렸다는 건 말이 되지 않는다.

"네, 몇 번이나 확인했는데 확실히 그 섬입니다."

"좋아. 누구랑 같이 내렸지?"

"선원들의 증언에 의하면 남자 여섯에 여자 다섯입니다. 원래는 여자도 여섯이었는데 항해 도중 하나가 병을 얻어 죽었다고 합니다."

"남자 여섯에 여자 다섯?"

"네, 남자들은 전부 검은 로브 비슷한 걸 걸쳤고, 여자들은 하나같이 미인이라 하였습니다."

"다른 정보는?"

"없습니다. 항해하는 동안 사내들은 꼭 필요한 말 이외엔 아무 말도 하지 않았다고 합니다. 여자들은 선실 안에만 머물러서 선원들조차 얼굴을 못 보았다고 합니다."

"흐으음!"

현수는 낮은 침음을 터뜨렸다. 뭔가 일이 이상하게 돌아간다는 느낌이 든 때문이다.

"검은 별의 전설호는 정박해 있나?"

"네, 항구에 정박해 있습니다."

"선장을 불러주게."

"알겠습니다."

물러났던 왕실 기사단장은 10분 만에 되돌아왔다. 그런 그의 뒤에는 텁석부리장한 하나가 긴장된 표정으로 서 있다.

"선장인가?"

털썩-!

현수의 시선을 받자 장한은 얼른 무릎부터 꿇는다.

"위, 위대한 마탑주님을 알현하옵니다. 소, 소인은 검은 별의 전설호 선장 고든이라 하옵니다."

"그래, 고든. 여기 있는 기사단장에게 들었는지 모르겠는데, 자네 배에 내 약혼녀가 타고 있었네. 그리고 블랙일 아일랜드에 내렸지."

"맞사옵니다. 저희 배가 이곳에서 출항할 때 여인이라곤 딱 여섯뿐이었습니다. 항해 중 하나가 사망하였고, 나머지 다섯은, 아니, 다섯 분은 블랙일 아일랜드에서 하선하신 게 맞사옵니다."

다프네가 끼어 있다니 무조건 존댓말인 모양이다.

"그렇다면 내가 그곳을 가봐야겠네. 자네의 배를 쓸 수 있겠는가?"

"네? 아, 그럼은요. 저, 저희가 모시겠사옵니다."

선장은 얼른 고개를 조아린다. 마탑주가 배를 달라고 하면 그냥 줘야 하는 곳이 이곳 아드리안 왕국이다.

태워주는 건 문제도 아니다.

도착 즉시 가져온 물건들을 하역하고, 새로운 상품들을 선적한 뒤 바다 건너 제라스 왕국으로 가야 했다.

배를 하루라도 쉬게 하면 손해이기에 그곳을 다녀온 뒤엔 테리안 왕국으로 가는 일정도 잡혀 있다.

대륙의 상단들과 맺은 계약인지라 배가 침몰하지 않는 이상 꼭 지켜야 할 약속이다. 하지만 마탑주가 쓰겠다면 다른 계약은 전부 뒤로 밀리거나 취소된다.

감히 손해배상을 청구할 간 큰 상단은 없을 것이니 당연히 사용 가능하다 대답한 것이다.

"언제 출발할 수 있는가?"

"도, 동행하실 분이 얼마나 되시는지요? 인원수에 따라 식량과 물을 실어야 해서요."

"나 혼자 가네."

"네? 아, 네, 알겠습니다. 하오면 잠시 후에 출항하도록 준비하겠습니다."

선장과 선원들은 도착하자마자 왕실 기사단장을 만나 심문을 받았다. 그럼에도 하역 작업은 무사히 마쳐졌다. 이곳 일꾼들을 고용한 때문이다. 따라서 배는 비어 있을 것이다.

선원들 이외에 현수만 승선한다면 필요한 식량과 물을 싣는 것은 금방이다.

"좋아. 준비되면 이야기하게. 오가는 운임은 지불하겠네."

"아, 아닙니다. 소인이 어찌 위대하신 마탑주님께 운임을 받겠사옵니까? 그저 소인의 배에 타주시는 것만으로도 삼생의 영광이옵니다. 하오니 운임일랑 마음 쓰지 마시옵소서."

"…알겠네. 물러나 준비부터 하게."

"네, 그럼 물러가옵니다."

선장은 뒷걸음질로 물러난다. 어디서 들은 건 있나 보다.

"마탑주님, 정녕 혼자 가실 것이옵니까? 저희 왕실 기사단이 모시겠습니다."

"아닐세. 나 혼자가 편해. 그러니 자네는 이만 단원들을 이끌고 왕궁으로 돌아가게. 이건 명이네."

"…네, 알겠습니다."

명령이 내려졌으면 따르는 것이 기사 된 도리이다. 그렇기에 기사단장은 정중히 군례를 올린다.

"국왕전하에겐 협조해 주어 고마웠다고 전해주고."

"알겠습니다. 말씀 전하겠습니다."

"그래, 그럼 이만 물러가게."

"네, 그럼 안녕히 다녀오십시오."

기사단장이 물러나고 2시간쯤 지났을 때 고든 선장이 되돌아왔다. 그리고 얼마 지나지 않아 검은 별의 전설호는 아드리안 왕국의 항구를 떠나 넓은 바다로 들어섰다.

길고 긴 항해의 시작이다.

검은 별의 전설호는 갤리선(Galley)의 일종이다. 노를 주로 쓰고 돛을 보조적으로 사용하는 이중 갑판선이다.

상갑판과 하갑판이 있는데 하갑판 아래엔 좌우 20개씩 40개의 노가 달려 있다.

120명의 노예가 교대로 노를 젓도록 되어 있다.

항해하는 동안은 특별한 일이 없는 한 이들은 하갑판 아래에서 벗어나지 못한다.

상갑판과 하갑판 사이는 화물을 적재하는 공간이다. 상갑판 위의 중심부에도 화물을 실을 수 있다.

25명의 선원은 여기저기 자투리 공간에 자신들만의 휴식

공간을 만들어놓고 생활한다.

현수가 승선한 검은 별의 전설호는 상선이며, 해적을 만나면 전투를 벌일 수 있도록 개조된 전투선이기도 하다.

대형은 아니고 중형 규모의 갤리선인 이 배의 마스트에는 스태프와 검이 교차된 깃발이 펄럭이고 있다.

이실리프 마탑의 상징이다. 언제 준비한 건지 알 수는 없지만 상당히 재빠르다 할 수 있다.

누구든 이 배를 건드리려 하면 이실리프 마탑의 분노를 살 수 있음을 경고하는 의미이며, 위대하신 분이 승선해 있음을 사방에 알리는 역할도 한다.

"마탑주님, 식사 준비되었습니다."

"험, 그런가?"

난간에 기대어 넓은 바다를 감상하던 현수가 돌아서자 주방에서 올라온 시녀가 고개를 숙인다.

아르센 대륙에선 특별한 일이 없는 한 여자는 승선시키지 않는다. 여자를 태우면 폭풍우를 만난다는 속설이 있기 때문이다. 물론 이는 아무런 근거도 없는 미신이다.

실제로 배에 여자를 태우지 않는 이유는 힘든 뱃일에 아무런 도움도 되지 못하기 때문이며, 자칫 분란의 소지가 있기 때문이다.

선원들이 싸워 이겨야 할 첫 번째는 거친 파도가 아니라 고독이다. 가족, 친구들과 떠나 있어야 하기에 항해술 못지않게 고독에 적응하는 것이 중요하다.

두 번째는 성욕(性欲)을 참는 것이다. 그래서 '여자가 있는 육지로 가고 싶다'는 것이 항해의 목표가 되기도 한다.

그런데 여자를 태우면 어찌 되겠는가!

모든 선원이 충분히 성욕을 해소할 수 있으면 문제가 없지만 누군 해소하고 누군 참아야 한다면 선상 반란이 일어날 수도 있다. 하여 지난 20년간 여자를 태우지 않았다.

그러다 다프네 일행이 그 기록을 깼다.

겉보기에도 심상치 않아 보이는 사내 여섯 때문이고, 많은 돈을 준다 했기에 태운 것이다. 오늘은 두 번째로 여자들이 승선한 날이다.

아드리안 왕국 최남단 항구도시 콘트라는 파이젤 백작의 영지 중 일부이다. 백작의 똘똘한 아들 피터와 유모 엠마는 현재 이실리프 군도에 머물고 있다.

현수의 제자가 되기 위함이다.

파이젤 백작은 마탑주의 부인이 될 다프네를 태웠던 배가 입항한다고 하자 만반의 준비를 했다.

보나마나 다프네를 찾으러 출항할 것이니 마탑주가 불편하지 않도록 여러 가지를 배려한 것이다.

첫째는 신선한 식량이다.

곡식은 물론이고 채소와 육류까지 충분히 준비했다. 냉장고가 없는 곳이므로 마법사가 동원되어 보존 마법을 걸었다.

적당량의 질 좋은 술도 선적했다.

둘째는 편안한 잠자리이다.

부드러운 지푸라기를 넣어 제법 푹신한 새 침구를 들여놓았다. 매트리스 크기는 더블 사이즈이다.

셋째는 맛깔난 음식을 만들어낼 조리사이다.

영지 최고의 조리사와 보조를 승선시켜 마탑주의 입맛에 맞는 음식을 만들도록 하였다.

넷째는 어여쁜 여인들이다.

항해가 얼마나 길어질지 모른다. 그 시간 동안 적적함을 달래줄 처녀들을 뽑아서 승선시켰다.

마탑주의 지고한 신분을 고려하여 귀족가, 또는 기사들의 여식 중에서 순결한 여인들만 골랐다.

웬만하면 불만의 목소리가 들렸을 것이다. 마탑주에 의해 한 번 쓰고 버려지는 신세가 될 수도 있기 때문이다.

그런데 전혀 그러지 않았다.

승선시킬 처녀들을 찾는다는 백작의 말에 귀족가, 마법사, 기사, 상인의 가문에서 서로 꽃단장을 시켜 보냈다.

마탑주에 의해 딸이나 손녀가 순결을 잃어도 삼생의 영광이라 여긴 때문이다. 조선시대 때 승은[2]을 입은 것보다도 더한 광영으로 생각한 것이다.

세상 모든 마법사의 마스터이며 세상 모든 기사의 하늘인 존재가 씨를 뿌려준다는데 어찌 마다하겠는가!

재수가 좋아 잉태라도 하면 그때는 신분이 수직 상승한다.

마탑주의 아들, 혹은 딸을 낳은 여인을 어찌 함부로 대하겠는가! 그렇기에 서로 자신들의 여식이 더 어여쁘다며 뽑아서 승선시켜 달라는 청탁이 있을 정도였다.

어쨌거나 한바탕 소란이 빚어졌고, 세 명의 여인이 뽑혔다. 애슐리와 보나, 그리고 캐롤이다.

애슐리는 3서클 마법사인 남작의 딸이고, 보나는 소드 익스퍼트 중급인 기사의 딸이다. 캐롤은 항구도시 콘트라에서도 제법 큰 규모의 상단을 운영하는 상단주의 손녀이다.

이들의 임무는 마탑주의 지근거리에서 모든 시중을 드는 것이다. 물론 밤 시중도 포함되어 있다.

방금 전, 현수에게 식사 준비가 되었으니 오라고 한 여인은 캐롤이다. 올해 나이 이십이라는데 아주 예쁘다.

벽안에 금발인 샤를리즈 테론의 리즈 시절 모습과 매우 흡사하다.

"알았다."

---

2) 승은(承恩) : 여자가 임금의 총애를 얻어 임금을 밤에 모심.

한 번 더 바다를 바라본 현수는 캐롤의 뒤를 따라 갑판 위에 놓인 컨테이너 안으로 들어갔다.

승선하자마자 꺼내놓은 이것은 스위트룸이나 마찬가지이다. 침대와 소파는 물론이고 식사를 할 수 있는 테이블까지 갖춰져 있다. 공간 확장 마법이 걸려 있기에 가능한 일이다.

일반적인 20피트짜리 드라이 컨테이너의 내부 사이즈는 폭 2.35m, 길이 5.9m, 높이 2.4m 정도 된다.

여기에 공간 확장 마법을 걸자 폭 9.4m, 길이 23.6m, 높이 9.6m가 되었다. 약 5평이던 내부 공간이 67평으로 대폭 늘어난 것이다.

이렇듯 크게 만든 것은 애슐리와 보나, 그리고 캐롤 때문이다. 출항하자마자 인사를 하러 온 여인들은 현수에게 파이젤 백작의 편지를 전했다.

내용을 읽은 뒤 셋을 바라보곤 컨테이너를 꺼냈다.

자신 때문에 원하지 않은 고생을 하게 된 세 여인을 배려하기 위함이다. 그렇기에 칸막이가 쳐져 있는 안쪽엔 셋을 위한 침대와 소파 등이 갖춰져 있다.

"이쪽으로 앉으세요."

기다리고 있던 애슐리가 의자를 당겨 뺀다. 현수가 앉자 보나가 냅킨을 펼쳐 무릎 위에 올려놓는다.

식탁 위에는 잘 조리된 음식들이 놓여 있다.

신선한 채소와 닭 가슴살이 주원료인 샐러드는 드레싱이 되어 있지 않다. 이렇게 해달라고 주문한 때문이다.

현수는 아공간에 있는 아몬드 · 호두 드레싱을 적당량 뿌리고 맛을 보았다.

예상대로 고소하면서도 신선한 맛이 느껴진다.

다음은 스테이크이다. 녹차 가루를 뿌려 누린내를 없애고, 나이프로 썰었다.

후춧가루가 아닌 녹차 가루를 쓴 이유는 이것 역시 누린내를 잡아주는 효능이 있기 때문이다.

게다가 항산화 작용을 하는 성분이 많아 노화를 억제하고 레몬보다 다섯 배나 많은 비타민C가 들어 있어 피부가 거칠어지는 것을 막아준다.

스테이크 이외에도 스튜가 있다. 한국 사람인 현수는 국물이 있는 음식을 선호하기에 이런 식단을 요구한 것이다.

속 깊은 접시에 담긴 스튜엔 후춧가루를 넣었다. 그리곤 휘휘 저은 뒤 맛을 보았다.

예상대로 감칠맛이 난다. 다시다가 큰 역할을 한 듯싶다.

"맛이 괜찮군."

"네."

애슐리와 보나, 그리고 캐롤은 침만 삼키고 있다. 배가 고픈데 풍기는 냄새가 정말 좋기 때문이다.

속내를 짐작한 현수는 서둘러 식사를 마치고 컨테이너 바깥으로 나갔다.

구름 한 점 없이 맑고 쾌청한 날이고, 바람이 불어 돛이 부풀어 있어 제법 빠르게 항해하는 중이다.

현수가 바닷바람을 쐬고 있는 동안 애슐리와 보나, 그리고 캐롤은 생전 처음 맛보는 진미에 정신이 팔려 있다.

누린내가 하나도 나지 않는 스테이크, 감칠맛 나는 스튜, 그리고 곱게 갈린 호두와 아몬드로 만든 드레싱을 뿌린 샐러드를 언제 먹어보았겠는가!

셋은 입맛을 버리는 중이다.

"선장, 이 속도로 가면 시간이 얼마나 걸리겠는가?"

현수의 물음에 고든 선장은 얼른 이물[3] 아래의 파도를 살피곤 입을 연다.

"에에, 이 정도면 블랙일 아일랜드까지 여드레나 아흐레 정도 걸릴 겁니다요."

"8일이나 9일? 확실한가?"

"네, 지금처럼 바람이 도와주면 보통 3~4노트로 항해하거든요. 그럼 여드레나 아흐레 후면 당도합니다."

도량형으로 환산해 보면 1노트(kn)는 1.852km/h이다.

---

3) 이물[Bow] : 배의 앞쪽을 나타내는 순수 우리말. 배의 뒤쪽을 가리키는 말은 고물[Stern]이다. 참고로, 배의 왼쪽은 좌현[Port]이라 하며, 오른쪽은 우현[Starboard]이라 한다.

3~4노트라면 약 5.5~7.4㎞/h의 속도이다.

하루가 24시간이니 이를 곱해보면 하루에 132~177㎞가량을 항해할 수 있다는 소리이다.

블랙일 아일랜드까지 600㎞ 정도 된다 하였으니 3노트로 가면 닷새가 걸리고, 4노트이면 나흘이 걸려야 한다.

그럼에도 선장이 여드레나 아흐레를 이야기한 것은 예비 인력이 있기는 하지만 24시간 내내 쉬지 않고 노를 저을 수는 없기 때문이다.

"흐음! 바람이 조금 더 세면 어떤가?"

"바람의 방향이 문제인데, 뒤에서 불어준다면 당연히 더 빨라지겠지요."

"얼마나 빨라지나?"

"강풍이 불면 9~10노트까지도 가능할 겁니다요."

16.7~18.5㎞/h로 항해하면 600㎞ 떨어진 블랙일 아일랜드까지 약 32~36시간이 걸린다. 하루에 8~9시간만 노를 저으면 꼬박 나흘을 가야 당도한다.

마음이 급한데 어떻게 나흘이나 기다릴 수 있겠는가!

"그래? 바람이 더 세지면 더 빨라진다고?"

"네, 물론이옵니다."

선장은 크게 고개를 끄덕인다.

"좋아. 그럼 더 강한 바람이 불게 하지. 선원들에게 대비하도록 하게."

"네? 바람을 불게 해요?"

마법사는 바람을 이용한 공격이 가능하다는 소리를 들어본 바는 있다. 그건 일회성이며 범위가 한정되어 있다.

갤리선처럼 큰 배가 속력을 얻으려면 바람의 세기도 엄청 강해야 하지만 지속적이어야 한다.

마탑주라 해도 배가 부서지지 않을 정도로 강한 바람을, 그것도 원하는 방향으로 계속해서 불게 할 능력은 없다.

마법이 신기하기는 하지만 만능은 아니기 때문이다. 그렇기에 무슨 소리냐는 표정으로 바라본다.

"잠시 후부터 아주 강한 바람이 불 것이네. 어느 방향으로 바람이 불게 하면 되겠는가?"

"네? 저, 저쪽으로… 저쪽으로 곧장 100km쯤 갔다가 방향을 틀어서 저쪽으로 가다가 다시 저쪽으로……."

선장은 손짓을 섞어가며 항로에 대해 설명한다.

일반적으로 배들은 직선으로 항해하지 않는다. 암초와 소용돌이, 그리고 해류 때문이다.

오랫동안 항해를 했기에 고든 선장은 바다를 제 손바닥 들여다보듯 알고 있다. 하여 자신이 알고 있는 해류 등을 감안하여 방향을 가리킨다.

그런데 현수는 고개를 갸웃거린다. 직선으로 가면 될 것을 빙 돌아서 간다는 느낌을 받은 때문이다.

"블랙일 아일랜드가 저쪽에 있다면 직진을 하지 왜 그렇게 가는 건가?"

"그, 그건 저쪽 바다가 SFD이기 때문입니다."

"SFD? 그건 무엇의 약자인가?"

"네, Sea of Ferocious Devil의 약자입니다요."

"씨 오브 퍼로우셔스 데빌? '흉포한 악마의 바다' 라는 이름이 왜 붙은 거지?"

"저 해역엔 크라켄이 우글거리니까요. 그래서 절대 가지 않는 곳입니다요."

"크라켄이 우글거려? 얼마나 많은가?"

현수는 크라켄을 사냥해 본 적이 있다.

해적들에게 납치된 로잘린을 구하기 위해 나섰다가 상대했다. 당시엔 20m짜리 검강과 체인 라이트닝, 그리고 윈드 커터 마법으로 제압했다.

그때 잡은 크라켄은 길이가 200m쯤 되었는데 촉수를 휘두르니 해적선의 굵은 돛대가 힘없이 부러졌다.

검강에 의해 다리가 잘리자 지랄발광을 했는데 그 때문에 해적선 여섯 척이 침몰해 버렸다.

드래곤을 제외하곤 가장 강력한 몬스터이다.

"적어도 100여 마리는 있는 걸로……. 마, 마탑주님, 저쪽으론 절대 항해하지 않습니다요."

선장은 현수가 그곳으로 가자 할까 싶어 두려운 듯 어두운 표정이다. 마탑주가 타고 있지만 저 바다에 사는 무시무시한 놈을 떠올리면 진저리가 쳐지기 때문이다.

젊은 시절, 고든 선장은 견습선원으로 되어 배에 올랐다.

첫날 맡은 임무는 찢겨진 지브(Jib)를 꿰매는 일이었다.

참고로, Jib란 뱃머리의 큰 돛 앞에 다는 작은 돛이다.

제일 윗부분이 찢겨졌기에 일단은 마스트 꼭대기까지 올라가서 해야 하는 작업인데 일종의 극기 훈련이다.

어쨌거나 갑판장의 지시에 따라 마스트 꼭대기까지 올라간 고든은 안전을 위해 자신의 허리를 견시수가 서 있는 난간에 묶었다. 그리곤 지브에 매달려 열심히 꿰맸다.

그때 크라켄 한 마리가 소리 없이 다가와 기다란 촉수로 배를 휘감았다.

놀란 선원들이 열심히 저항했지만 소용없었다. 선원이 육십 명이나 되는 큰 배였는데 크라켄의 촉수에 의해 반파되었다. 그리고 선원 모두 크라켄의 먹이가 되어버렸다.

고든 선장은 크라켄의 촉수에 의해 마스트가 부러질 때 같이 바다에 빠졌다. 그런데 다행히도 지브가 몸 아래에 놓이게 되었다.

크라켄은 움직이는 모든 선원을 촉수로 휘감아 잡아먹었

지만 고든은 살아남았다. 바다로 떨어지는 순간 기절하였기에 움직임이 없었기 때문이다.

간신히 살아남은 고든은 열이틀 만에 구조의 손길을 만났다. 그리고 다시는 인근 해역에 발을 들여놓지 않았다.

SFD 인근을 지날 때면 가급적 멀리 돌아서 항해하곤 했다. 그렇기에 아직까지 살아 있는 것이다.

"저 바다를 가로질러 가면 시간과 거리가 단축되는가?"

"…마, 마탑주님, 저 바다는 절대 들어가면 안 되는 금역이옵니다."

고든 선장은 바다에 대해 아무것도 모르는 마탑주 때문에 몰살당하게 생겨 죽을상을 하고 있다.

"말하게. 가로질러 가면 시간과 거리가 단축되나?"

"마탑주님, 진짜 저긴 가면 안 되는 곳입니다요."

고든은 애원하는 표정으로 읍소했다.

"어허! 어서 말을 하게! 직진하면 시간이 덜 걸리나?"

현수가 음성을 높이자 고든은 한숨을 내쉰다.

"휴우~!"

마탑주의 심기를 거스르면 목숨을 잃게 될 것이다. 마법사란 다들 괴팍한 성품을 가졌다고 알고 있다.

이래 죽으나 저래 죽으나 마찬가지라고 생각한 고든은 고개를 끄덕였다.

"맞습니다. 직진하면 거리가 짧아지죠. 콘트라에서 약 250㎞ 거리이옵니다."

처음에 600㎞라고 이야기했으니 무려 350㎞를 돌아간다는 뜻이다.

"…항로를 수정하게."

"마탑주님, 제발……. 우리 다 죽습니다. 크라켄이 얼마나 흉포한지 아십니까? 금역으로 들어가면 배는 다 부서지고 선원은 모조리 놈의 먹이가 될 것입니다요."

고든의 말에도 현수는 표정 변화가 없다.

"키를 잡게. 바람을 저쪽으로 불게 할 터이니."

"마탑주님! 제발, 제발 살려주십시오! 정말 다 죽습니다요! 저쪽은 절대 가면 안 되는 바다라구요!"

고든이 오만상을 찌푸리며 애원했지만 현수는 요지부동이다. 대신 입술을 달싹인다.

"아리아니!"

"네, 주인님."

바다로 나온 후 아리아니는 아공간에 들어가 있었다. 바다엔 숲이 없기 때문이다.

"실라디아 좀 불러줘. 엘리디아도 부르고."

"알겠습니다. 실라디아, 엘리디아, 주인님이 부르신다."

아리아니의 말이 떨어지기 무섭게 실라디아의 아름다운

교구가 드러난다. 연한 갈색이 섞인 긴 금발이 가슴과 하복부 아래의 비소를 살짝 가리고 있다.

"부르셨어요, 마스터?"

"그래, 잘 있었지?"

"그럼요. 제가 뭐 도와드려요?"

"응. 이 배가 저쪽으로 가야 해. 너무 느려서 그러니까 바람 좀 불게 해. 그렇다고 너무 세겐 하지 말고 적당히 조절해서 빠르게 갈 수 있도록 해봐."

"네, 마스터. 맡겨만 주세요."

말을 마친 실라디아는 생긋 미소 짓고는 고물 쪽으로 향한다. 고든 선장의 눈에는 보이지 않지만 실룩이는 둔부가 몹시 육감적이다.

"마스터, 부르심 받고 왔어요."

말을 하면서도 투명한 동체를 휘휘 휘감는 엘리디아는 물의 최상급 정령이다.

"이 배가 저쪽으로 갈 거야. 이야기 들어보니 저쪽 바다엔 크라켄이라는 놈들이 있대. 놈들이 이 배에 접근하지 못하도록 해줄 수 있지?"

"크라켄이요? 네. 그런데 많아요?"

"응. 한 100여 마리가 있나 봐."

"끄응! 모여 있으면 몰라도 흩어져 있으면 한두 마리 정도는 제어 못할 수도 있어요. 크라켄은 워낙 돌대가리인데다 막무가내라서요."

"그래? 그래도 좋으니 제어 부탁해."

"부탁이라니요? 명령하셔도 된답니다."

"그래. 아무튼 그렇게 해줘."

"호호, 네. 명에 따르옵니다."

몸은 용처럼 변했지만 엔다이론 시절의 여성성은 잃지 않은 듯 교소를 터뜨리곤 물러난다.

CHAPTER 10
크라켄과 한판!

전능의 **팔찌**
THE OMNIPOTENT
BRACELET

휘이잉—! 휘이이잉—!

"으앗! 바람이 점점 세지고 있다. 바람 받아!"

고든 선장의 말이 떨어지자 선원들은 일제히 밧줄을 잡아 당겨 바람이 최대한 실릴 수 있도록 방향을 조절한다.

그와 동시에 검은 별의 전설호는 그야말로 쏜살처럼 질주하기 시작한다.

점점 빨라지는가 싶더니 금방 10노트의 속력이 된다. 시속 18.5km의 속력으로 수면 위를 스치기 시작한 것이다.

검은 별의 전설호는 빨라진 속력을 감당하기 힘들다는 듯 요동친다. 선수는 위아래로 움직이는데 좌우로 흔들리기까지 하자 갑판 위의 물건들이 이리저리 굴러다닌다.

"쾅! 콰쾅! 쿠당탕! 와당탕! 쿠쿵! 콰당!"

"으앗! 조심해!"

"아앗! 밧줄, 밧줄 좀 줘!"

"우아앗! 내 발목을 밧줄이 휘감았어!"

"이봐! 조심해! 물통이 굴러다녀!"

갑판 위의 선원들은 요동치는 배 위에서 떨어지지 않으려고 필사적으로 무언가를 붙잡는다.

하갑판 아래 노꾼들은 노에 걸리는 압력이 거세지자 일제히 안으로 잡아당긴다. 노를 젓는 것이 오히려 속력을 늦추는 상황인지라 일제히 거둬들인 것이다.

잠시 상황을 지켜보던 현수는 이물로 향한다.

"그리스(Grease)!"

이물에 윤활 마법이 걸리자 배의 요동이 급격하게 줄어든다. 저항이 확연하게 줄어든 때문이다.

"흠! 250㎞를 10노트로 가면 13시간 반쯤 걸리겠군."

선장은 될 수 있으면 SFD 해역으로 향하지 않도록 키를 잡았다. 하지만 소용이 없다.

현수의 명을 받은 실라디아가 곧장 블랙일 아일랜드로 가도록 바람의 방향을 조절하고 있기 때문이다.

한편 엘리디아는 SFD 해역의 크라켄이 마스터의 배를 침범할 수 없도록 조치를 취하는 중이다.

강한 해류와 초강력 소용돌이를 생성시켜 크라켄을 해역에서 밀어내기 시작한 것이다.

크라켄은 아무리 덩치가 커도 소용돌이에 휘말리면 위험하다는 것을 본능적으로 아는지 화들짝 놀라며 심해로 내려가거나 다른 곳으로 이동한다.

그러거나 말거나 검은 별의 전설호는 전속력으로 쏘아져 가고 있다.

"세상에 맙소사! 아무리 마법사라고 하지만……."

잔뜩 긴장한 채 키를 잡고 있는 고든은 고개를 끄덕인다.

이실리프 마탑의 마탑주는 확실히 일반 마법사들과 궤를 달리한다는 것을 이제야 깨달은 것이다.

"이런 분에게……. 흐미! 죽을 뻔했구나."

SFD 해역으로 가면 안 된다고 끝까지 뻗댔으면 어찌 되었을지 상상한 고든 선장을 고개를 좌우로 흔든다.

어떤 벌이 내려졌을지 생각만 해도 끔찍한 것이다.

검은 별의 전설호의 돛은 부풀대로 부풀었다. 간신히 찢기지 않을 정도로 바람이 불고 있기 때문이다.

"흐음! 이제 되었군."

현수가 컨테이너에 발을 들여놓자 소파에 앉아 있던 애슐리, 보나, 그리고 캐롤이 화들짝 놀라며 일어선다.

"아! 나는 괜찮으니 다들 편히 앉아 있어."

"…네에."

손짓으로 앉으라 하자 셋은 고개를 끄덕이곤 다시 앉는다.

현수는 커피를 만들었는데 넉 잔이다. 혼자만 마시면 좀 치사한 느낌이 들어서이다.

커피만으로는 조금 그래서 케이크도 꺼냈다. 화이트 초콜릿과 생크림으로 데코레이션된 것이다.

아공간에서 접시들을 꺼내자 셋은 눈은 크게 뜬다. 이처럼 아름다운 식기는 본 적이 없기 때문이다.

"식으면 맛이 없으니 따뜻할 때 마셔."

"네에, 고맙습니다."

셋은 예를 갖춘 뒤 커피 잔을 입에 댄다. 그윽한 향과 달착지근한 맛이 마음에 드는지 눈을 감고 맛을 음미한다.

한국이 발명하고 세계적으로 인기를 끌고 있는 커피믹스이니 맛 하나는 확실할 것이다.

셋은 그런대로 먹고살 만한 집의 여식이다. 그럼에도 이런 맛은 생전 처음이기에 놀라지 않을 수 없다.

"어머! 너무 맛있어요!"

"이런 맛은 정말 처음이에요!"

"마탑주님, 이런 건 처음 보는데, 이거 이름이 뭐예요?"

애슐리와 보나, 그리고 캐롤은 마탑주가 괴팍한 성품이 아니라는 것을 파악한 듯 스스럼없이 말을 건넨다.

이들 셋은 현수가 선장과 이야기하는 동안 음식을 먹었다.

그러면서 녹차 가루와 후춧가루, 그리고 다시다에 대해 이야기를 나눴다.

넣자마자 누린내가 사라졌고, 밍밍하던 스튜는 감칠맛이 났으니 마법 가루라 생각한 것이다.

그러다 헥사곤 오브 이실리프로 화제가 번져갔다.

애슐리는 거기 사는 여섯 여인은 이런 진귀한 마법 가루의 혜택을 매 끼니마다 입을 것이라 말했다.

다음 순간 보나가 입을 열었다.

"근데 소문엔 아직 마탑주님의 승은을 입은 분은 없다고 들었어요. 그게 사실일까요?"

"정말? 아직 청년이신데?"

캐롤의 말에 애슐리가 타박한다.

"얘, 겉모습만 그런 거야. 마탑주님의 연세는 아무리 적게 잡아도 200살을 되셨을 거라는 게 정설이야."

"에? 200살이요? 그럼 우리 할아버지보다도 훨씬 늙은 거잖아요?"

"그래. 증조부는 물론이고 고조부보다도 더 연세가 많으시지. 어쩌면 그분의 할아버지보다도 더 많을지도 모른데."

애슐리의 말을 보나가 받았다.

"내가 듣기로 마탑주님은 몇 번의 바디 체인지를 경험하셨을 거래. 그래서 나이는 많지만 겉과 속 모두 청년이시래."

"정말요? 그런데 왜 헥사곤에 계시는 분들이 아직 처녀인 거예요? 설마 고자는 아니겠죠?"

캐롤의 말을 애슐리가 받았다.

"고자는 아니셔. 소문에 의하면 라이서 제국의 공녀와 미판테 왕국의 공녀, 그리고 가이아 여신의 성녀 같은 분들이 마탑주님의 부인이 되실 거래. 그러니 고자는 아니지."

"그래? 그런데도 아직 헥사곤에 계신 분들이 전부 처녀인 거야?"

"그렇다고 들었어."

보나의 대답에 캐롤이 눈빛을 반짝인다.

"그럼 우리가 먼저……."

말을 하며 현수의 침대를 바라보자 애슐리와 보나의 눈빛도 반짝인다. 살아서 걸어 다니는 로또가 바로 곁에 있다.

일만 성사되면 평생 시중 받아가며 놀면서 먹고산다.

시선을 교환한 여인들은 어떻게 하면 현수를 유혹할 수 있을지에 대해 의견을 교환한다.

지구에서도 그렇지만 한 번도 경험해 보지 못한 처녀들이 무엇을 알겠는가! 세상의 뜬소문과 어디서 얻어 들은 귀동냥이 전부인지라 성사 가능성이 하나도 없는 이야기만 주고받는다. 그럴 때 현수가 들어선 것이다.

어쨌든 현수의 눈에 들어야 한다. 그렇기에 용기를 내어 각자 한마디씩 한 것이다.

현수는 컨테이너로 오는 동안 이들 셋이 나누는 앙큼한 이야기를 들었다. 듣고 싶어 일부러 그런 게 아니라 자연스레 들린 것이다.

밤이 되면 홀딱 벗고 침대로 파고들자는 말을 한 건 애슐리다. 보나는 그래도 다 벗는 건 그러니 속옷 하나는 남기자고 했다. 캐롤은 흥분한 척 신음을 내면 어떻겠냐는 의견을 내놓았다.

어이가 없었지만 어쩌겠는가!

이곳 사람들에게 있어 자신의 위치가 너무나 높으니 벌어지는 일이라 생각한다. 그래도 따끔한 교육은 필요할 듯싶다. 하여 커피를 준 것이다.

그리고 예상대로 '이게 뭐냐?'는 질문이다.

"아, 그거? 센트 오브 워머나이저라는 거야."

현수의 말이 끝남과 동시에 세 여인은 들고 있던 커피 잔을 얼른 내려놓는다.

"세, 센트 오브 워, 워머나이저라고요?"

애슐리의 입술이 떨리고 있다. 모친으로부터 듣고 또 들은 이야기가 바로 이것이다.

진한 갈색의 따끈한 액체, 그리고 달콤한 맛.

확실히 센트 오브 워머나이저를 설명한 말이다.

이걸 먹으면 제아무리 지조 높은 여인이라 할지라도 욕정에 절은 탕녀처럼 군다고 했다.

'사내를 잘못 만나면 평생 고생' 이란 말을 들으며 경고한 것이 바로 센트 오브 워머나이저이다.

시선을 돌려보니 보나와 캐롤도 겁에 질린 표정이다.

이 배엔 현수만 있는 게 아니다. 25명의 선원도 있고 하갑판 아래엔 120명의 노꾼도 있다.

센트 오브 워머나이저를 먹고 현수의 여인이 된다면 더없이 좋은 일이지만 그렇지 않다면 그대로 신세를 망치게 된다. 천한 뱃놈과 그보다 더 천한 노예들에게 몸을 더럽히게 되면 행복한 삶과는 영원히 안녕이다.

가문에서도 버림받을 것이다.

노꾼의 아내가 되면 똑같이 노예 대접을 받게 된다. 그렇기에 다들 겁에 질린 표정이다.

"흐음! 나는 일이 있어 잠시 자리를 비울 거야. 나 없는 동안 잘들 하고 있어. 알았지?"

말을 마친 현수가 곧바로 사라지자 여인들은 겁에 질린 표정이 된다.

"애, 애슐리, 어, 어서 문을 닫아! 어서 빨리!"

"그, 그래! 내, 내가 닫을게!"

"우, 우리 이제 어, 어떻게 하지? 마탑주님은 안 계시고 우리만 남으면……"

"아, 안 돼! 빨리 문 닫자! 어서 빨리!"

겁에 질린 보나가 후다닥 나가 컨테이너 문을 닫는다. 그런데 이 문은 밖에서만 잠글 수 있게 되어 있다.

화물을 싣는 용도로 제작된 것이니 당연히 안에서 잠기는 기능은 필요 없기 때문이다.

"보나야, 이 문 안 잠겨. 우리 어떻게 하지?"

"우리가 잡아당기고 있어야 해. 밖에서 누가 열고 들어오면 우린 끝이야. 캐롤, 너도 어서 와서 잡아당겨."

"아, 알았어."

세 여인은 밖에서 문을 열 수 없도록 있는 힘껏 잡아당기고 있다. 같은 순간 현수는 컨테이너 위에 앉아 있다.

파도를 가르며 달리니 마치 모터보트를 탄 기분이다.

"흐으음, 좋군."

시원한 바람을 쐬며 전방을 주시한다. 그렇게 한참을 달리는 동안 세 여인은 점차 힘이 빠짐을 느끼고 절망한다.

너무 세게 잡아당기고 있어서 기운이 빠진 건데 센트 오브 워머나이저의 효능 때문에 그런 것이라 생각한다.

"으으! 보나, 우리 이제 어떻게 하지?"

"노꾼보다는 선원이 나은데. 그치?"

"그, 그럼. 노꾼에게 당하면 똑같이 노예가 되는 거잖아."

결국 셋은 기진맥진하여 널브러진다. 하지만 컨테이너의 문은 열리지 않았다. 선원 중 어느 누구도 감히 마탑주의 처소가 된 이곳에 다가오지 않기 때문이다.

그러거나 말거나 배는 전속력으로 항해한다. 그렇게 여섯 시간쯤 이동했을 때다.

"모두들 집중해라! 이제 곧 SFD 해역이다!"

고든 선장의 고함이 울려 퍼지자 선원들은 일제히 사방을 살핀다. 혹시라도 크라켄이 덤벼들면 큰일이기 때문이다.

현수 역시 안력을 높여 전방을 주시한다.

엄청나게 덩치가 큰 놈들이 사는 바다라 그런지 색깔도 짙다. 파란색이 아니라 거의 검은색에 가까울 정도이다.

"마나 디텍션! 샤프닝 센스!"

샤르르르릉—!

마나가 뿜어져 나갈 때보다 예민한 감각이 되도록 마법을 구현시켰다.

지상에서라면 본인을 중심으로 반경 2㎞까지 생명체가 감지된다. 그런데 이곳은 바다이다. 수면 위에는 당연히 아무것도 없다. 육지에서 너무 멀어 새도 오지 못하는 곳이다.

무언가가 다가온다면 수면 아래에서일 것이다.

그런데 물과 공기는 밀도 자체가 다르다.

액체가 기체보다 밀도가 높다 보니 마나의 확산 속도가 확연히 느린 것은 물론이고 범위 또한 줄어든다.

'이 정도면 겨우 100m밖에 안 되겠는데?'

현수가 본 몬스터 도감의 내용엔 크라켄 큰 놈의 길이는 2,000m를 넘을 수도 있다고 되어 있다.

본인이 사냥한 것도 200m가 넘었다. 이렇게 큰 놈이 다가오는데 겨우 100m 거리에서 알아차린다면 문제가 있다.

"아리아니!"

"네, 주인님."

기다렸다는 듯 어깨로 내려앉아 현수의 귀를 잡는다.

"혹시 이 근방 해저에서 이 배로 다가오는 녀석 있어?"

"다가오는 녀석이라면 무엇을……."

"크라켄이라고 알아?"

"아뇨. 처음 들어요."

하긴 숲의 요정이 해양 몬스터를 어찌 알겠는가.

"그럼 바닷속에 뭐가 있는지 알아볼 수는 있어?"

켈레모라니의 레어는 호수 속에 있었고, 아리아니가 자유자재로 드나들었다는 것을 상기한 물음이다.

"바다는 짠물이잖아요."

"그래."

"그럼 못 들어가요."

"······!"

무슨 말을 더 하겠는가! 현수는 잠시 입을 다물었다.

이때였다. 마스트 꼭대기에 올라가 있던 견시수가 고함을 지른다.

"크라켄이다! 좌전방 1㎞ 지점에서 다가오고 있다!"

견시수의 외침에 일제히 좌 전방을 바라본다. 하지만 이곳엔 아무것도 보이지 않는다. 물속에서 움직이기 때문이다.

현수는 배를 둘러보았다. 다른 것은 다 고정되어 있지만 컨테이너는 아니다.

"씰(Seal)!"

마법이 구현되자 컨테이너 문이 밀봉된다.

"고든 선장, 모두 선실로 대피시키게!"

"···네, 알겠습니다."

현수의 지시에 고개를 끄덕인 고든이 크게 소리를 지른다.

"모든 선원은 들어라! 마탑주님의 명이시다! 모두 하갑판에 집합하라! 예외 인원 없으니 전원 집합하라!"

선장의 명이 떨어지자 선원들은 우르르 갑판 아래로 내려간다. 크라켄은 화살이나 검, 또는 도끼로는 상대할 수 없는 괴물이다. 무기가 있어도 의미가 없으니 선장의 명에 따라 갑판 아래로 내려간 것이다.

고든 선장은 갑판 아래로 내려가는 통로 입구에 서서 마스트 꼭대기를 바라보았다. 견시수가 들어가면 마지막으로 들어가려는 의도일 것이다. 침몰하는 배에서 가장 먼저 탈출한 어떤 선장과는 정말 대조적이다.

"캐빈! 뭐 해, 어서 내려오지 않고? 빨리 내려와!"

고든이 고함을 지르자 캐빈이라 불린 견시수가 오른쪽을 가리킨다.

"크라켄이다! 크라켄이 다가온다! 우현 500m 지점에서 다가온다!"

"뭐야?"

놀란 선장이 우현 너머의 바다를 바라본다. 멀리서 뭔가가 꿈틀거리며 다가오는 모습이 보인다. 크라켄의 촉수가 수면 위로 올라와 그렇게 보이는 것이다.

"이런! 으으, 망했다! 캐빈! 어서 내려와! 빨리!"

"네, 선장님!"

캐빈은 원숭이처럼 밧줄을 타고 재빠르게 내려온다.

"선장님, 먼저 발견한 크라켄, 엄청나게 커요."

"알았어. 어서 들어가."

캐빈이 들어간 뒤 고든 선장은 현수에게 시선을 준다.

"마탑주님, 잘 부탁드립니다."

"……!"

현수는 대답 대신 고개만 끄덕인다.

조금 전부터 마나 디텍션 마법으로 두 마리 크라켄의 위치를 가늠하고 있었기 때문이다.

견시수가 먼저 발견한 놈은 배로부터 800m쯤 떨어진 곳까지 다가왔고, 나중에 발견된 놈은 400m쯤 떨어져 있다.

둘 다 이 배를 향해 오는 중인데 멀리 있는 놈이 훨씬 더 큰 듯싶다.

"속전속결로 처리하지 않으면 배에 손상이 가겠군. 그럼 안 되지. 아리아니, 데이오의 징벌 꺼내 와."

"네, 주인님."

아공간이 열리고 데이오의 징벌이 튀어나온다. 지상에서 가장 강한 금속 오리하르콘으로 만들어진 것이다.

폼멜에는 푸른색 초특급 마나석이 박혀 있는데 원래는 라이트닝 마법을 구현시키기 위한 것이다.

"흐음! 속전속결!"

현수는 이 검을 이실리프 왕가의 징표로 삼았다.

그래서 기존의 라이트닝 마법진을 지우고 새롭게 9서클 궁극 마법인 라이트닝 퍼니쉬먼트를 인챈트시켰다.

이게 시전되면 검을 중심으로 5m 이상 떨어진 곳으로부터 200m 이내의 범위까지 마법이 구현된다.

125.521㎡이니 약 0.125㎢이다. 이 면적에 떨어지는 벼락의 수는 약 1,000만 개다.

1㎡당 100개 정도이니 산술적으로 따져보면 100㎠당 하나이다. 가로세로 10㎝짜리 사각형 하나에 번개 하나가 떨어지는 셈이다.

이것을 인챈트시켜 놓고 한 번도 시험해 본 바 없다.

지금이 아주 좋은 기회인 듯싶기에 비릿한 조소가 입가에 번진다. 먹이를 찾았다고 죽기 살기로 다가오는 크라켄이라는 놈이 어떤 운명이 될지 짐작되는 때문이다.

'덩치가 제법 크니 미리 준비해야겠지?'

"플라이!"

현수의 신형이 허공으로 솟아오른다.

그 상태에서 배보다 조금 더 앞으로 나간다. 자칫 배에 손상을 입힐 수 있기 때문이다.

한편 컨테이너에 갇힌 세 여인은 유리창을 통해 현수가 바다 위 허공에 머물러 있는 모습을 보고 있다.

마법사가 하늘을 날 수 있다는 소리는 들어본 바 있지만 실제로 사람이 하늘에 떠 있는 건 처음 보았기에 다들 눈을 크게 뜨고 있다.

이들 셋은 크라켄이 다가온다는 소리를 듣고 깜짝 놀라 문을 열려고 했지만 요지부동인지라 포기하고 창문 밖으로 도

망치려 하다 이 모습을 본 것이다.

창문을 열려고 애썼지만 어떻게 여는지 알 수 없다. 아무리 잡아당기거나 밀어도 꼼짝도 않는다.

창호 중앙 부위에 있는 이상한 모양의 쇳덩이가 무엇을 하는 건지 알 수 없어서이다. 게다가 창문 밖엔 굵은 창살이 박혀 있다. 유리창이 열려도 나갈 수 없는 상황인 것이다.

"애슐리! 마탑주님 좀 봐! 정말 멋있어!"

"그래! 아, 저분이 내 남자였으면 얼마나 좋을까?"

"그러게. 저분 품에 안겨봤으면 소원이 없겠어."

애슐리와 보나, 그리고 캐롤은 멍한 시선으로 현수를 바라보고 있다. 같은 순간, 현수는 점점 다가오는 크라켄에게 시선을 주고 있다.

"엄청 크군."

전에 잡은 200m짜리가 새끼로 보일 정도로 큰 놈이 다가오고 있다. 몸집만으로 비교하면 500m는 넘을 듯하다.

'저놈이 저렇게 큰데 저쪽에서 오는 놈은 대체 얼마나 큰 거야? 그나저나 오징어의 급소가 어디더라?'

크라켄은 지구의 오징어와 같은 두족류이다. 머리에 발이 달렸다는 뜻이다.

오징어의 급소는 두 눈 위쪽의 중앙 부위이다. 위쪽이라 함은 다리가 있는 반대편을 이른다. 이곳을 찌르면 몇 번 꿈틀거리다 움직임이 멈춘다. 오징어의 급소인 셈이다.

낙지 역시 연체동물문 두족강에 속한다. 이런 종류의 신경 분포는 '뇌―신경계―다리 근육'으로 연결되어 있다.

칼로 다리를 자르게 되면 다음과 같이 된다.

뇌 ↔ 신경 /절단/ 신경 ↔ 다리근육

다리가 잘렸으니 뇌로부터의 명령은 전달되지 못하지만 신경은 그대로 존재한다. 그런데 잘릴 때 신경이 자극을 받았기에 이에 반응하여 다리가 꿈틀거린다.

잘렸다 하여 세포가 곧바로 죽는 것이 아니므로 살아 있는 것처럼 반응하는 것이다.

현수는 다가오는 크라켄 또한 두족류이므로 뇌가 있을 부위를 가늠했다. 그곳에 손상을 입히면 다리를 일일이 잘라내지 않아도 되기 때문이다.

크라켄의 속력은 상당히 빨랐다. 400m라는 거리를 금방 좁히고 순식간에 다가왔다. 배를 노리고 있기에 허공에 있는 현수는 발견하지는 못한 듯싶다.

촤아아아! 츄아아아아아아악―!

녀석이 배를 휘감기 위해 촉수들을 수면 위로 들어 올리자 집채만 한 파도가 친다.

그리고 허연 촉수들이 쭈욱 뻗어간다. 놔두면 단번에 배를 휘감고 힘을 줄 것이다. 그러면 검은 별의 전설호는 부서지거나 침몰하게 된다.

"라이트닝 퍼니쉬먼트!"

데이오의 징벌로 녀석의 몸통을 가리키자 순식간에 엄청난 빛의 향연에 벌어진다.

번쩍, 번쩍, 번쩍! 번쩍, 번쩍, 번쩍—!

콰콰콰콰콰콰콰콰콰콰콰쾅—!

케에에에엑! 꾸와아아아악! 촤라라라라라! 꾸에에엑!

검은 별의 전설호를 집어삼키려 내뻗은 촉수들이 일제히 오므라든다. 전기 자극에 의한 자연스런 현상이다.

"쳇! 바다라 그런가?"

어마어마한 벼락이 전신에 내리꽂혔지만 전기의 특성상 금방 바다로 흘러든 듯하다.

느닷없는 번개에 놀라 잔뜩 웅크린 크라켄은 허공의 현수를 발견했는지 촉수를 뻗어 올린다.

사람들은 오징어는 다리가 열 개이고, 문어와 낙지는 여덟 개인 것으로 알고 있다. 그런데 이는 잘못된 것이다.

오징어도 다리는 여덟 개이다. 다만 두 개의 기다란 촉완[4] 이 있어 열 개처럼 여겨지는 것이다.

---

4) 촉완(觸腕) : 오징어류의 제3완과 제4완 사이에 있는 길게 뻗어 있는 팔.

크라켄 역시 두족류이다. 따라서 다리가 여덟 개이고 두 개의 긴 촉완이 있을 것이라고 생각했다.

그런데 아니었다. 크라켄은 서른두 개의 다리와 네 개의 촉완이 있다. 이것 모두를 자유자재로 휘두른다.

어쨌든 바다 속으로부터 쾌속하게 솟아오르는 다리를 본 현수는 데이오의 징벌에 마나를 불어넣었다.

찌잉! 찌이이이이잉—!

길이 20m짜리 검강이 또다시 뿜어져 나온다.

"야아압!"

쉐에에에엑—!

퍼퍽! 퍼퍼퍼퍽! 퍼퍼퍽—!

꿰에에엑! 꾸아아아악! 꽈아아아아—!

삽시간에 다리 아홉 개가 베이자 크라켄은 글자 그대로 지랄 발광을 한다. 엄청난 통증을 느낀 듯싶다.

그러거나 말거나 현수는 녀석의 두 눈을 찾았다. 뇌를 찌르기 위함이다.

"저기다! 야압!"

퍼억—!

꿰에에엑! 꾸아아아악!

검강이 몸을 뚫고 들어가자 모든 다리를 꿈틀거리며 현수를 움켜쥐려 한다. 자신의 몸에 부상을 입힌 인간을 용서할 수 없다는 듯 집요한 움직임을 보인다.

'쳇! 아닌가?'

"야아압!"

퍼어억—!

또 검강이 녀석의 몸을 뚫고 들어갔다. 그런데 또 아닌 듯 발광만 심해진다.

현수는 계속해서 놈의 눈과 눈 사이의 약간 위쪽을 찔렀다. 그럼에도 녀석의 움직임은 멈추지 않는다.

오히려 더 강렬하게 다리를 휘둘러 현수를 잡아채려 한다.

'깊이가 얕아서 그런가?'

"퍼펙트 트랜스페어런시!"

현수의 신형이 갑자기 사라지자 크라켄의 다리들이 움직임을 멈춘다. 목표물이 사라지자 어리둥절한 모습이다.

그 순간 녀석의 머리 가까이 내려간 현수는 데이오의 징벌에 다시 한 번 마나를 주입했다.

찌잉—! 찌이이이이잉—!

퍼억—!

꿰에에엑—! 꾸아아아아아아!

다시 한 번 발버둥을 친다. 그런데 조금 전과 확실히 다르다. 발광의 강도가 확연히 줄어들었다.

"여기였군! 매직 캔슬!"

다시 허공으로 몸을 뺀 현수는 데이오의 징벌로 크라켄의 머리 부위를 겨냥했다.

"체인 라이트닝!"

번쩍, 번쩍! 번쩍, 번쩍—!

콰쾅! 콰콰콰쾅!

아까보다는 확연히 덜하긴 하지만 그래도 강렬한 번개가 녀석의 머리 부위로 작렬한다. 그런데 움직임이 없다.

드디어 잡은 것이다.

"아공간 오픈! 입고!"

현수는 크라켄의 몸통을 아공간에 담았다. 잘린 다리들도 일일이 찾아 담았다.

크라켄의 사체는 엄청난 가치가 있다.

고기는 고기대로 비싼 값에 팔리고, 눈알이나 촉수 등은 마법사들에게 고가로 팔려 나간다.

CHAPTER 11
이건 뱃삯이네

"후후! 별것 아니구만."

현수는 나직한 웃음을 터뜨리며 뒤로 돌았다. 그 순간 뒤에
서 다급성이 들린다.

"아앗!"

콰지직—! 풍덩—!

"사람 살려!"

"살려주세요!"

"아아악! 사람 살려요!"

아직 당도하지 않았을 것이라 생각한 크라켄이 촉수로 컨

테이너를 휘감아 바다로 내동댕이쳤다.

안에 있던 여인들은 비명을 지르는 것 이외엔 아무것도 할 수 없었다. 침대며 소파가 뒤집히며 난리가 났다.

현수는 재빨리 검은 별의 전설호로 다가갔다.

"라이트닝 퍼니쉬먼트!"

번쩍, 번쩍, 번쩍! 번쩍, 번쩍, 번쩍! 번쩍, 번쩍, 번쩍—!

콰콰콰콰콰콰콰콰콰콰콰콰콰콰콰쾅—!

케에에에엑! 촤라라라라라! 꾸에에엑! 꾸와아아아악!

조금 전의 라이트닝 퍼니쉬먼트는 데이오의 징벌에 인챈트되어 있는 마법이고, 이번 것은 10서클 대마법사인 현수가 직접 구현시킨 것이다.

그래서 조금 전보다 더 많은 벼락 다발이 새롭게 다가온 크라켄의 동체며 촉수로 쏟아져 내렸다.

당연히 비명 비슷한 괴상한 소리를 내며 움츠러든다.

한편 벼락의 일부는 애슐리 등이 들어 있는 컨테이너에도 떨어졌는데, 표면 자체가 도체인지라 내부로 흘러든 건 하나도 없이 모두 바다로 스며든다.

아까 씰 마법을 걸어두어 물 한 방울 들어가지 않고 둥둥 떠 있는 상황이다.

현수는 새로 온 놈의 어마어마한 덩치에 깜짝 놀라지 않을 수 없었다. 조금 전에 죽인 놈보다 훨씬 큰 것이다.

새롭게 다가온 크라켄은 느닷없는 전기 자극에 화들짝 놀라 촉수들을 거둬들인다. 본능적인 움직임이다.

다음 순간 자신에게 아픔을 준 대상을 찾는다.

허공에 떠 있는 현수를 발견한 놈은 흉포한 눈빛으로 째려본다. 그러면서도 바다 속으로 은밀히 촉수들을 이동시킨다. 일제히 솟구쳐 오르게 하여 현수를 단번에 움켜쥐려는 속셈이다.

현수는 놈이 웅크리고 있을 때가 공격의 적기라 생각하였다. 하여 나직이 입술을 달싹였다.

"퍼펙트 트랜스페어런시!"

추라라라랏! 촤아아아아! 퍼어어억! 촤아아아아!

현수의 신형이 허공에서 꺼진 바로 그 순간 은밀히 다가오던 촉수들이 일제히 솟구쳐 오른다.

"으읏! 이건……!"

화들짝 놀란 현수는 재빨리 신형을 뽑아 올린다. 그리곤 촉수와 촉수 사이로 미꾸라지처럼 빠져나간다.

다음 순간 현수의 신형이 크라켄의 머리 부위로 떨어져 내리고 있다.

"야아압!"

찌잉—! 찌이이이이이이이잉—!

데이오의 징벌로부터 길이 20m짜리 검강이 솟아난다.

퍼어억—!

꾸와아아아아악! 꿰에에에엑! 꾸아아아아아!

느닷없는 통증에 놀란 녀석의 촉수들이 사방을 휘감는다.

눈에 보이지 않는 뭔가가 있는 것은 분명한데 어디에 있는지 알 수 없자 사방팔방을 휘감는 것이다.

"안 죽어? 그럼 다시 한 번! 야아압!"

푸우욱―!

또 한번 검강이 녀석의 몸속을 파고든다.

꾸아아아아아! 꾸와아아아아악! 꿰에에에에에엑!

비명인지 뭔지 알 수 없는 괴상한 소리를 내며 꿈틀거리는 촉수가 사방으로 흩어졌다 오므라지기를 반복한다.

아직 끝나지 않은 것이다.

"제발 좀 죽어라!"

푸우욱―!

또 한 번 검강이 크라켄의 몸속을 파고든다.

이번엔 그대로 뽑지 않고 크게 팔을 휘둘렀다. 뇌의 크기가 얼마만 한지 알 수 없으니 그냥 휘저어버린 것이다.

꿰에에에에엑―!

긴 비명을 지른 녀석의 움직임이 확연히 느려진다. 이번엔 제대로 찌르고 베어낸 모양이다.

"휴우! 이제야 끝인 모양이네. 그놈 참 크기도 하다."

조금 전에 죽인 놈은 눈대중으로 보았을 때 길이가 500m를 약간 넘는 듯하다. 그런데 이번에 잡은 놈은 그보다 훨씬 더 길다. 아무리 안 돼도 최하 900m는 넘어 보인다.

"세상에 이렇게 큰 놈이라니!"

성체 드래곤보다 더 덩치가 크고 길다.

이러니 중간계의 조율자라는 드래곤의 말도 따르지 않는구나 하는 생각이 든다.

"이놈도 일단 아공간에 담아야겠지? 아공간 오픈!"

현수의 말이 떨어지기 무섭게 시커먼 구멍이 열린다.

이제 입고라는 말만 하면 거대한 동체가 아공간 속으로 빨려들어 갈 것이다.

마치 블랙홀로 빨려드는 커다란 행성처럼.

구멍은 작은데 크라켄의 덩치가 커서 그렇다.

그런데 현수가 입고라고 외치려는 바로 그 순간 죽은 줄로 알았던 크라켄이 눈을 번쩍 뜬다.

그와 동시에 촉수들이 현수를 향해 뿜어진다.

촤아아! 촤아아아! 쒜에엑! 촤아악! 촤아!

서른두 개의 다리와 네 개의 촉완이 현수의 전후좌우를 완벽하게 감싼 채 쇄도한다.

"이런! 이야아아아압!"

쒜에에에에에에엑!

퍼퍽! 퍼퍼퍼퍼퍽—! 파팍! 퍼퍼퍽! 파파파팍—!

서른두 개의 다리와 네 개의 촉수 중 열여섯 개가 시퍼런 검강에 의해 베어지자 또 괴상한 소리를 낸다.

꿰에에에에엑! 꾸아아아악! 꽈아아아아아아아아!

몹시 고통스러운지 지랄 발광을 할 때 현수의 입술이 달싹인다.

"라이트닝 퍼니쉬먼트!"

번쩍, 번쩍, 번쩍! 번쩍, 번쩍, 번쩍! 번쩍, 번쩍, 번쩍—!

콰콰콰콰콰콰콰콰콰콰콰콰콰콰콰쾅—!

케에에에엑! 촤라라라라라! 꾸에에엑! 꾸와아아아악!

또 한 번 번개의 향연이 베풀어진다.

크라켄은 잘린 상처를 통해 뇌까지 전해지는 번개의 자극을 견딜 수 없는지 온몸을 부르르 떤다.

그리고 잠시 후 녀석의 움직임이 멈췄다.

수천 년간 Sea of Ferocious Devil의 강자로 군림하던 녀석의 최후이다.

"아리아니! 아공간 아직 열려 있어?"

"네, 주인님!"

"좋아! 입고!"

현수의 입술이 달싹이자 거대한 동체가 아공간 속으로 빨리듯 사라져 버린다.

"쩝~! 조금만 일찍 알았으면 다리가 잘리지 않은 놈을 사냥할 수 있었는데."

아쉽지만 뭐 어쩌겠는가!

"마나 디텍션!"

마나를 뿜어내 해저로부터 오는 놈이 있는지를 확인했다. 다행히 더는 없는 듯하다.

"좋아! 아공간 다시 오픈! 입고!"

이번에 집어넣은 것은 바다 위에 떠 있던 컨테이너이다.

현수는 검은 별의 전설호 갑판으로 내려갔다.

"아공간 오픈! 컨테이너 출고!"

컨테이너는 원래 있던 자리에 얌전히 놓였다.

"매직 캔슬!"

봉인 마법이 해제되자 문은 손쉽게 열린다. 예상대로 소파 며 침대, 식탁, 의자들이 나뒹굴고 있다.

문이 열리고 현수가 들어서자 애슐리와 보나, 그리고 캐롤 이 일제히 달려들며 현수의 품에 안긴다.

"히잉! 마탑주님!"

"흐흑! 죽는 줄 알았어요!"

"고맙습니다, 마탑주님! 흐흑!"

크라켄에 의해 컨테이너가 바다에 빠졌을 때 많이 무서웠 을 것이다. 그리고 갑자기 빛 한 점 없는 아공간에 들어갔을 때에도 공포를 느꼈을 것이다.

그런데 그 모든 것이 사라지자 긴장이 풀리면서 저도 모르게 현수의 품으로 달려든 것이다.

"괜찮아, 괜찮아. 이제 다 끝났어."

"흐흑! 네, 고맙습니다, 마탑주님!"

"저도요! 마탑주님은 제 생명의 은인이세요!"

"맞아요! 저도 은인으로 생각해요!"

애슐리와 보나, 그리고 캐롤은 너무도 압도적인 모습을 보아서 그러는지 아까처럼 꼼수를 부리려는 마음이 느껴지지 않는다.

"자, 이제 여기 청소 좀 하자. 애슐리, 보나, 그리고 캐롤! 내가 여길 치울 테니 잠깐 나가 있어줄래?"

"네, 알았습니다."

"참, 고든 선장더러 이제 나와도 된다고 해."

"네, 그렇게 전하겠사옵니다."

셋이 물러간 후 현수는 침대와 소파, 그리고 탁자와 의자 등을 원위치로 옮겼다.

충격 때문에 의자 두 개가 부서졌을 뿐 나머진 멀쩡하다. 매트리스가 먼저 떨어지면서 완충작용을 한 듯하다.

"마, 마탑주님!"

"아! 나왔나? 크라켄은 이제 없네."

"네? 어, 어디로 갔습니까? 도망가게 한 겁니까?"

고든 선장은 바다를 바라보며 크라켄의 흔적을 찾는다.

두 마리나 되는 놈을 모두 사냥했을 것이라곤 상상도 못하는 모양이다. 하긴 이럴 만도 하다. 크라켄은 해양 몬스터중 가장 강한 괴물 중의 하나인 때문이다.

"컨테이너를 옮겨야겠군. 선원들을 불러주게."

"네? 아, 알겠습니다."

무슨 이유인지는 알 수 없지만 시키니 따라야 한다.

고든 선장은 선원들을 불러 현수의 지시대로 고물 쪽을 비웠다. 컨테이너가 들어갈 만한 자리를 마련한 것이다.

배의 중앙 부위는 말끔히 치웠다.

이곳에 있던 것은 모두 좌현과 우현 쪽으로 몰아놓았다. 이물 쪽으로 옮긴 것들도 상당하다.

"흐음! 이제 자리가 비었군. 모두 물러서게."

"네, 마탑주님."

현수의 명에 따라 모두가 물러선다. 그리곤 대체 뭘 하려고 이러나 싶은 표정으로 바라본다.

"아공간 오픈! 크라켄 출고!"

말 떨어지기 무섭게 검은 별의 전설호의 흘수[5]가 확 늘어난다. 무게가 늘어난 때문이다.

---

5) 흘수(吃水, Draft) : 수면과 물속에 잠긴 선체의 가장 깊은 부분 간의 수직 거리.

"헉! 저, 저건……!"

고든을 비롯한 선원 전부 눈을 크게 뜨고 뒤로 물러선다. 집채보다도 훨씬 큰 크라켄의 사체 때문이다.

"마, 마탑주님!"

"어때? 마음에 드나?"

"네?"

현수의 말에 고든 선장은 대체 무슨 뜻이냐는 표정으로 눈을 크게 뜨고 바라본다.

"내가 이 배를 이용한 삯으로 이걸 주겠네. 이 정도면 뱃삯으로 충분하겠는가?"

"네에? 크, 크라켄의 사, 사체를 토, 통째로 두, 두 개나 다 저, 저에게 주, 주신다는 말씀이십니까?"

고든은 심하게 말을 더듬었다.

한국 어부들에겐 밍크고래가 바다의 로또라 한다.

해양수산부 조사에 따르면 밍크고래는 서해에 약 1,000마리, 동해에 약 600마리가 서식한다.

멸종 위기에 처한 고래류는 1986년부터 상업 포경이 엄격히 금지되어 잡으면 불법이다.

그런데 쳐놓은 그물에 고래가 잡히는 경우가 있다. 이렇게 잡힌 것은 크기에 따라 마리당 8,000만~1억 원에 거래된다.

자잘한 것 몇 백마리 잡는 것보다 훨씬 낫다.

아르센 대륙의 어부들에게 있어 크라켄의 사체는 로또 중의 로또이다.

미국엔 42개 주와 District of Columbia, 그리고 U.S. Virgin Islands까지 포함한 44개 행정 구역에서 실시하는 멀티 스테이트 로또가 있다. 이를 '메가 밀리언'이라 한다.

2013년 10월에 그 운영 룰을 변경한 이후 진정한 세계 최대의 로또가 되었다. 워낙 당첨 확률이 낮아 1등 당첨 없이 이월되는 경우가 많기 때문이다.

참고로, '메가 밀리언'의 1등 당첨 확률은 약 1억 7,570만분의 1이다.

2013년 12월에는 무려 21회나 이월을 거듭한 끝에 1등이 탄생했다. 그때 당첨금 6억 3,600만 달러라는 사상 최대의 잭팟이 터졌다. 한화로 환산하면 7,632억 원이다.

한국 로또의 최고 당첨금은 2003년 4월에 있던 407억 원이다. 메가 밀리언과 비교하면 약 19분의 1이다.

어쨌거나 크라켄은 사냥되지 않는 몬스터이다. 드래곤의 명령조차 따르지 않는 진정한 바다의 폭군이기 때문이다.

수십 척의 배를 이끌고 나가봐야 모두가 수장되는 결과만 낳는다. 따라서 크라켄은 엄청난 고가로 팔려 나간다.

온 대륙에 소문을 내놓고 경매를 붙이는 것이 가장 비싼 값을 받는 방법이지만 그건 불가능하다.

통신과 도로가 발달되지 않은 곳이기 때문이다.

그래도 인근 국가의 거대 상인이나 고위 귀족, 또는 고위 마법사들을 모아놓고 경매를 붙일 수는 있을 것이다.

이렇게 해서 팔리게 되는 가격은 대략 10만 골드 정도 될 것이다. 한국 돈으로 약 1,000억 원이다.

한 마리가 아니라 두 마리이니 현수는 2,000억 원을 뱃삯으로 주겠다고 한 것이다.

이렇기에 고든 선장이 말을 더듬고 있는 것이다.

"둘 다 자네에게 주는 것은 맞네. 다만 선원들도 있으니 적당히 분배해야겠지?"

"그, 그럼요!"

이 배엔 선장인 고든을 제외한 선원 25명이 있다. 하갑판엔 노꾼 120명이 있지만 그들은 노예이다.

"배가 낡았더군. 새 배를 사려면 얼마나 줘야 하나?"

"이, 이 배와 같은 크기의 새 배를 사려면 1,000골드쯤 줘야 합니다."

"1,000골드? 그럼 10억쯤 한다는 말이군."

"네? 그게 무슨……."

한국어로 중얼거렸기에 반문한 것이다.

"아, 아무것도 아닐세. 좋아, 일단 새 배를 한 척 사게. 저걸

팔면 그건 살 수 있지?"

현수의 눈에는 커다란 오징어일 뿐이기에 한 말이다.

"그, 그럼요! 당, 당연한 말씀이십니다! 워낙 귀한 거라 그러고도 많이 남을 겁니다요."

"좋아, 배를 사고 남은 돈은 이 배에 탄 사람들에게 골고루 나눠 주게."

"네? 일률적으로 다 똑같이요?"

선장과 선원은 분명한 차이가 있기에 한 말이다.

"아니. 하갑판의 노꾼들에게 1을 준다면 선원 및 일반 사람들에겐 5씩 주게. 그리고 자네는 50을 갖고."

"자, 잠시만요."

고든 선장은 품속의 양피지를 꺼내 뭔가를 끄덕인다. 계산을 해보는 중이다.

노꾼 120명에게 각각 1이니 다해서 120이 간다.

선원은 25명이며 출항 전에 승선한 요리사와 보조 한 명이 있다. 그리고 현수의 밤 시중을 위한 여인 셋이 더 있다.

이렇게 30명에게 각각 5씩 주면 모두 150이 된다.

그리고 고든 선장 자신은 50을 갖는다.

전부 합치면 320이다.

2,000억 원의 320분의 50은 312억 5,000만 원이다.

선원들과 요리사, 그리고 요리사 보조와 애슐리, 보나, 그리고 캐롤이 받는 금액은 31억 2,500만 원이다.

120명의 노꾼들은 각각 6억 2,500만 원을 받는다.

모두 팔자를 고칠 수 있는 금액이다.

선장은 욕심이 났지만 이내 생각을 접었다. 너무 많은 돈은 마물(魔物)이 되기 때문이다.

몇 년 전, 콘트라의 어떤 사람이 산에서 금화가 가득 든 보물 상자를 주웠다. 소문에 의하면 2만 골드가 들어 있었다고 한다. 한국 돈으로 200억 원 상당이다.

그 사람은 온갖 사치를 부리며 흥청망청했다.

돈으로 어여쁜 여자 처자들을 꼬셔서 매일 뼈와 살이 타는 밤을 즐겼다. 여인들의 환심을 사기 위해 많은 보석을 샀고, 기름진 음식을 즐겼다.

불과 3년 후, 그 사내는 비만 알거지가 되었다. 수중에 땡전 한 푼 없는 뚱땡이 신세가 된 것이다.

본인은 모르지만 고혈압과 동맥경화가 진행되는 중이었다.

기름진 음식과 지나친 음주, 그리고 과도한 기력 소모가 빚어낸 결과이다.

그전에 조강지처는 날마다 바람피우던 그에게 이혼장을 써서 던지곤 다른 나라로 가버렸다.

나중에 후회했지만 무슨 소용 있겠는가!

갑작스레 들어온 거금을 잘 운용했으면 대대손손 잘 먹고

잘살았을 텐데 그러지 못한 건 본인 잘못이다.

결국 그 사내는 산으로 들어가 보물상자를 발견한 곳에서 스스로 목을 맸다.

고든은 모두가 행복해지는 쪽이 낫다고 생각했다.

선원들도 그간 애를 많이 썼는데 늘 급료를 짜게 준 것이 마음에 걸리던 차다.

노꾼들은 전쟁에서 패해 잡혀온 포로들을 싼값에 산 것이다. 자기네 나라로 돌아가면 사랑하는 형제자매와 부모자식이 있을 것이다.

'그래, 3만 골드가 넘게 생기는데 인심 쓰자.'

마음을 정한 고든 선장은 현수에게 공손히 허리를 숙인다.

"마탑주님의 말씀대로 공정히 나누도록 하겠습니다. 정말 감사합니다."

"감사합니다, 마탑주님!"

쿠쿵, 쿠쿠쿠쿵─!

일제히 무릎을 꿇은 건 선원들이다.

이들도 귀가 있어 둘의 대화를 들었다.

이 자리에 크라켄의 사체가 어마어마한 값이 팔릴 것이라는 걸 모르는 선원은 없다.

선술집에서 술을 마시면서 가끔 하는 말이기 때문이다.

애슐리와 보나, 그리고 캐롤 역시 크라켄의 가치를 알고 있다. 항구도시 콘트라에 살면서 모르면 이상한 일이다.

이를 모르는 사람은 현수 하나뿐이다.

선장 등은 마리당 10만 골드, 즉 1,000억 원이라 짐작하고 있지만 현수는 잘해야 500골드 정도로 생각하고 있다.

목포와 완도 어판장에서 생물 오징어의 가격은 20마리 한 상자에 39,000원 정도로 마리당 약 2,000원 꼴이다.

크라켄은 덩치가 엄청나게 크다.

그래서 두 마리를 합쳤을 때 일반 오징어의 50만 배쯤 될 것이니 1,000골드로 생각한 것이다.

이곳 돈 1골드가 약 100만 원이니 10억 원이다.

바다의 로또라 불리는 고래의 가격이 8,000만~1억 원 정도라는 것을 감안하면 터무니없는 생각은 아니다.

"내 뜻대로 한다니 좋네. 그리고 이것들은 여기에 놔두면 너무 무거워 배가 나가는 데 지장 있을 테니 일단 아공간에 넣어놓겠네. 콘트라로 되돌아가면 그때 내려주지."

"네, 그렇게 해주십시오."

고든은 수십 년간 배를 타면서 보고 들은 게 많다.

하여 마법사의 아공간에 담긴 물건은 전혀 변질되지 않음을 알고 있다.

크라켄의 사체를 갑판 위에 놓을 경우 며칠 지나지 않아 썩기 시작할 것이다.

그래도 비싼 값을 받기야 하겠지만 갓 잡은 생생한 것의 10분지 1 가격밖에 안 될 것이다.

따라서 아공간에 보관하는 것은 불감청고소원(不敢請固所願)이다. 감히 청하지는 못하나 원래부터 몹시 바라던 바라는 뜻이다.

크라켄의 사체가 아공간에 담긴 후 검은 별의 전설호는 다시 전속력으로 항해하기 시작했다.

더 이상의 위험은 없을 것이란 이야길 들은 현수는 컨테이너로 들어가 여러 가지 구상을 했다.

현수가 불편해하지 않도록 애슐리와 보나, 그리고 캐롤이 애를 썼기에 주전부리하라고 과자와 음료 등을 꺼내 줬더니 환장한다.

그런데 비누와 세제가 발달되지 않아 세 여인의 몸에서 냄새가 풍긴다. 하여 적당량의 비누와 세제를 주고 사용법을 일러주었다. 배에서 씻을 수는 없기에 엘리디아를 불러 세탁과 목욕을 시켜줬다. 그제야 견딜 만했다.

"마탑주님, 저기 저 섬 보이시죠? 저게 블랙일 아일랜드입니다요."

"그래?"

"네, 이제 십 분쯤 후면 도착합니다."

"알겠네."

블랙일 아일랜드는 온통 검은색 바위로 이루어진 섬이다. 이름처럼 길쭉한데 마치 S자처럼 휘어져 있다.

검은 별의 전설호는 휘어져 들어간 곳에 배를 정박시켰다.

현수는 고든 선장의 안내를 받아 상륙한 뒤 이곳저곳을 돌아보았다. 무인도가 확실했다.

나무 한 그루, 풀 한 포기 없고 이 섬에 있는 거라곤 샘물 하나뿐이다. 그나마 수량이 풍부한 것도 아니다.

"이 섬에 내려주고 배를 돌렸다고?"

"네, 분명히 그랬습니다. 그런데 어딜 갔죠? 여긴 배가 없으면 움직일 수 없는 곳인데."

고든은 고개를 갸웃거리며 이상하다는 표정을 짓는다.

이 섬을 아는 사람은 드물다. 이 근처를 항해하는 배가 거의 없기 때문이다. 고든도 이번에 처음 알았다.

상륙한 사람에게 날개가 달려 있어도 다른 곳으로 갈 수가 없다. 콘트라가 가장 가까운 육지이기 때문이다.

날개가 있어도 250㎞를 날아가는 건 불가능하다. 근육이 피로해져 가다가 바다로 떨어져 내릴 것이기 때문이다.

"어디 갔죠?"

"그러게. 마나 디텍션!"

블랙일 아일랜드는 남북으로 긴 섬인데 그 길이가 약 3㎞

정도 된다. 평균적인 폭은 약 200m이다.

굴곡이 있기에 눈에 보이지 않을 수도 있어 마법으로 사람의 흔적을 찾으려는 것이다.

"이상하군."

생물체의 흔적이 잡히지 않자 현수는 고개를 갸웃거린다. 그러다 문득 스치는 생각이 있다.

"아리아니, 노에디아 좀 불러줘."

"네, 주인님. 노에디아, 너 나오래."

아리아니의 말이 떨어지기 무섭게 연한 갈색을 띤 노에디아가 나타나 부복한다.

"노에디아가 마스터의 부르심을 받았사옵니다."

말투가 익숙하다.

"뭐야? 얘, 지구에서 데려온 거야?"

"네, 여긴 마나가 풍부하잖아요. 지구에선 특별히 할 일도 없고요."

"끄응!"

아리아니의 천연덕스런 대답에 현수는 낮은 침음을 낸다.

"노에디아가 지구에서 할 일이 얼마나 많은데 데려왔어?"

현수는 콩고민주공화국으로 가서 게리 론슨에게 금괴를 인도하기 위해 출국하기 전 노에디아에게 지시를 내렸다.

북한 정주 지역에 집중되어 있는 희토류를 개마고원의 한

지역으로 이동시켜 놓으라고 했다.

지난 2013년, 북한의 조선천연자원무역회사는 영국계 사모펀드 'SRE 미네랄스'와 평안북도 정주의 희토류 개발을 위한 계약을 체결한 바 있다.

이로 말미암아 영국령 버진아일랜드에 소재한 합작회사 Pacific Century가 향후 25년간 정주의 모든 희토류 개발권을 갖게 되었다.

보고에 의하면 정주에 매장된 희토류의 가치는 약 65조 달러이다. 무려 7경 8,000조 원어치나 매장되어 있다.

그런데 그걸 몽땅 캐갈 수 있도록 계약한 것이다.

이실리프 정보에서 조사한 바에 의하면 영국계 사모펀드 SRE 미네랄스와 합작회사 Pacific Century의 배후엔 로스차일드 가문이 있었다.

현수가 매우 싫어하는 유태 자본이 북한의 희토류를 먹으려고 은밀하게 수작을 부린 것이다. 하여 노에디아로 하여금 희토류 이동 작업을 지시한 것이다.

그런데 그런 노에디아를 아공간에 담아 아르센 대륙으로 데리고 왔다. 사전 논의가 없었으니 저도 모르게 목소리가 커졌다.

"죄, 죄송해요, 주인님!"

아리아니의 커다란 눈이 금방 글썽거린다.

"저는 얘들도 수고를 하고… 그래서 상으로 이곳에 데려오면 마나도 많고… 그러니… 흐흑! 죄송해요. 잘못했쪄요."

현수가 어찌 아리아니의 눈물을 이기겠는가!

"에구! 알았다, 알았어. 다음부터는 나하고 상의 없이 이러면 안 돼? 알았지?"

"네! 담부터는 안 그럴게요. 정말 잘못했쪄요."

"끄응! 어디서 배운 거야, 대체?"

아리아니의 응석 부리는 어투에 현수는 손가락이 오그라드는 느낌이 든다. 물론 너무나 귀여워서이다.

"한국의 텔레비전이란 걸 봤쪄요. 거길 보니까 어떤 여자애가 '히잉!' 그러면서 앙탈을 한번 부리니까 온 국민이 귀여워 미치려고 하는 걸 봤쪄요."

"끄응!"

현수는 나직한 침음을 낸다. 뭘 말하는지 알기 때문이다.

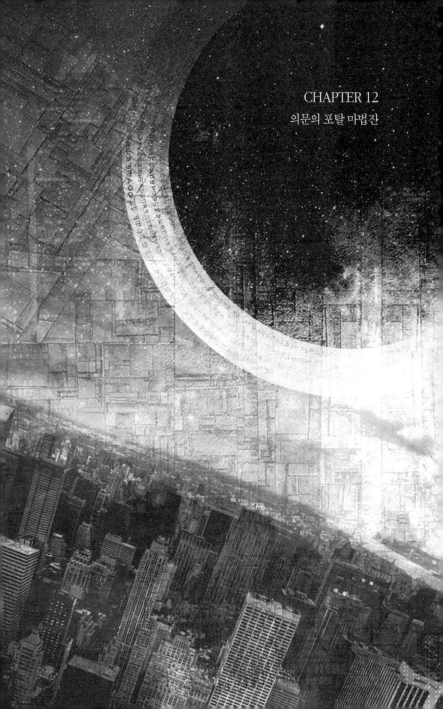

CHAPTER 12
의문의 포탈 마법진

"알았어. 그만해. 그리고 노에디아."

"네, 마스터."

"이 섬에 혹시 동굴 같은 게 있는지 알아봐."

"네, 알겠습니다."

말을 마친 노에디아의 신형이 땅속으로 꺼진다. 아리아니는 기회를 잡기라도 한 듯 현수의 귓가에 대고 속삭인다.

"주인님, 나빴쪄요. 아리아니 예쁜데, 아리아니 이렇게 귀여운데 혼이나 내시고. 나빴쪄요. 때찌 하고 싶어요."

"끄응!"

현수는 침음을 내는 것 이외엔 아무것도 할 수 없었다. 시선조차 돌리지 않았다.

아리아니가 필사적으로 배우고 익힌 걸 써먹으려 한다는 걸 눈치챈 때문이다. 하지만 귀까지 막을 순 없다. 하여 아리아니가 하는 말이 아주 잘 들린다.

"일 더하기 일은 귀요미! 이 더하기 이는 귀요미!"

율동까지 곁들여 재롱을 피우는데 어찌 시선이 안 돌아가겠는가! 저도 모르게 눈알을 굴린 현수이다.

"헐……!"

세상에 어찌 이보다 더 귀엽고 깜짝하고 섹시한 존재가 있겠는가! 아리아니는 현수의 화를 풀어주고 싶다는 듯 최선을 다해 귀요미송을 부른다.

"알았어! 야단 안 칠게! 우리 아리아니 예뻐!"

"치! 사랑은 안 해요?"

"사랑? 당연히 하지! 우리 아리아니 사랑해!"

"헤헷! 헤헤헷!"

아리아니가 환히 웃는다. 이때 지시를 받고 떠난 노에디아가 불쑥 솟아오른다.

"마스터, 이 섬에 지하 동굴은 없습니다."

"그래? 흐음! 그거 이상하군. 알았어."

말을 마친 현수는 섬의 북단에서 남단까지 쭉 훑었다. 세밀하게 점검해 보았지만 아무런 생명체도 없다.

"고든 선장, 여기 있는 사람이 배를 타고 간다면 어디로 가지?"

"마탑주님, 이 섬은 아는 사람이 드뭅니다. 따라서 다른 배가 와서 그 사람들을 태우고 갈 리 없습니다. 그리고 우리 배가 있었는데 왜 다른 배를 타겠습니까? 저야 돈만 받으면 어디든지 가는데요."

"그래? 그렇지? 흐음, 그래도 이상해. 잠시만 기다리게."

"네, 마탑주님."

현수는 다시 섬을 수색했다. 이번엔 마나 디텍션 마법까지 구현시킨 상태로 움직였다.

그렇게 이동하던 현수는 섬의 중심부라 할 수 있는 곳에서 걸음을 멈췄다. 그리곤 고개를 갸웃거렸다.

"여기가 조금 이상하군. 뷰 마나 포스!"

샤르르르─!

이 마법은 3서클이면 쓸 수 있는 것으로, 주변에 왜곡된 마나 역장이 있는지를 확인할 때 쓰는 것이다.

"그렇군. 매직 캔슬!"

걸린 마법을 강제로 해제시키자 모습이 바뀐다.

"이건… 포탈 마법진!"

현수가 사용하는 텔레포트 마법진보다 약간 아래의 것이

다. 이 마법진 위에 오르고 일정 수준 이상의 마나가 모여들면 지정된 좌표로 대상을 이동시키는 것이 가능하다.

"흐음!"

현수는 마법진을 유심히 살폈다. 어디로 이동되는지 좌표가 있으면 좋으련만 그런 것은 그려져 있지 않다.

메인이 아니고 서브라 그럴 것이다.

이동할 장소에 있을 메인 마법진에는 두 개의 좌표 모두가 표시되어 있다.

유사시 포탈을 폐쇄할 권한을 가지기 위함이다. 다시 말해 저쪽에선 이 마법진을 쓸모없게 만들 수 있다는 뜻이다.

"결국 가봐야 알 수 있는 건가?"

잠시 생각에 잠겨 있던 현수는 생각을 정리하곤 검은 별의 전설호로 되돌아왔다.

"고든 선장."

"네, 마탑주님."

"나는 이곳에서 할 일이 있네. 그러니 돌아가게."

"네? 여기 남으시겠다고요?"

고든 선장은 놀란 표정이다.

집도 절도 없고 배는 더더욱 없으며 심지어 식량까지 없는 섬에 혼자 남겠다니 놀라는 것은 당연한 일이다.

"그래. 그러니 콘트라로 귀환하게."

말을 마친 현수는 아공간에 담겨 있는 크라켄의 사체를 꺼냈다. 그리곤 보존 마법을 걸어주었다.

"앞으로 반년은 끄떡없을 것이네."

현수의 표정을 보니 돌아갈 마음이 없다. 말려봐야 소용없을 게 뻔하니 명을 따르기로 마음먹은 듯 허리를 숙인다.

"…감사합니다요."

"그래, 잘 가게."

"만나 뵙게 되어 정말 영광이었습니다, 마탑주님."

"그래, 알았네."

고든이 물러간 후 선원들이 일일이 내려와 정중하게 예를 갖춘다. 요리사와 보조, 그리고 애슐리와 보나, 캐롤도 공손히 절을 한다.

"다들 좋은 데로 시집가."

"네, 마탑주님."

여인들은 현수로부터 선물 받은 비누와 세제 등을 떠올리며 환한 웃음을 짓는다.

그렇게 검은 별의 전설호는 블랙일 아일랜드를 떠났다.

홀로 남게 된 현수는 포탈 마법진을 유심히 관찰했다.

다프네 등이 사용한 것이 분명하지만 저쪽이 어딘지도 모르면서 무작정 갈 수는 없기 때문이다.

하지만 아무것도 알 수 없었다.

다만 한 가지만은 분명했다. 아르센 대륙과는 사뭇 다른 방식으로 마법을 구현시키려 했다는 것이다.

'혹시 이 행성에 다른 대륙이 있는 건 아닐까?'

현수는 고개를 갸웃거렸다. 그러면서 마법진에 발을 들여놓았다. 물론 만일을 위한 준비는 했다.

"퍼펙트 트랜스페어런시!"

전능의 팔찌에 박힌 마나석 중 주황색에서 살짝 빛이 나온다. 그와 동시에 마나 유동이 시작되고 현수의 신형이 안개에 감싸인다.

약간이 시간이 지나자 현수가 딛고 있는 포탈 마법진에서 환한 빛이 뿜어진다. 그 시간은 찰나였다.

샤르르르르─!

허공으로 미약한 마나가 흩어진다. 그와 동시에 현수의 신형이 블랙일 아일랜드를 떠난다.

*   *   *

"모두들 경계 단단히 해!"

"네, 알겠습니다!"

"내가 손을 내리면 무조건 찌르는 것도 잊지 말고! 마법사들도 단단히 준비해!"

"네, 대장!"

누군가의 명에 따라 창을 든 병사들이 긴장된 표정으로 포탈 마법진을 바라본다. 올 사람이 없는데 마법진이 빛을 발하자 비상이 걸려 모두가 달려온 것이다.

'읏! 이게 뭐야? 플라이!'

도착하자마자 살기를 느낀 현수는 얼른 공중으로 몸을 뽑아 올렸다.

"뭐야? 왜 아무것도 안 나타나는 거야?"

"글쎄요? 혹시 마법진에 이상이 있는 건 아닐까요?"

"이상? 너 가서 마법진 도면 가지고 와. 확인해 보게."

"네, 알겠습니다."

말을 마친 사내는 창을 거두곤 후다닥 달려간다.

"흑인이네."

아르센 대륙에선 흑인을 본 바 없다.

심지어 흑인이라는 말조차 들어보지 못했다. 그런데 여긴 절반 이상이 흑인이다.

"여긴 대체 어디인 거야?"

현수는 고개를 갸웃거리며 주변을 유심히 살폈다.

잠시 후, 포탈 마법진이 그려진 건물 뒤쪽 골목에서 평범해 보이는 사내가 느긋한 걸음으로 걸어나온다.

폴리모프 마법으로 모습을 바꾼 현수이다.

걸치고 있는 의복도 조금 전과 다르다. 슬쩍 담을 넘어가 빨랫줄에 널려 있는 옷으로 갈아입은 것이다.

이곳 돈으로 얼마의 가치인지 알 수 없기에 10실버짜리 은화 두 개를 꺼내놓았다. 20만 원에 해당된다.

로브와 비슷하지만 조금 더 활동성 있게 소매 폭도 좁고 덜 풍성한 옷이다.

현수는 천천히 걸어 이곳이 어디인지를 확인했다. 가다 의복 가게를 발견하곤 들어가 다른 옷을 샀다.

20실버를 꺼내놓기는 했지만 훔친 옷이란 소리를 들을 수 있기 때문이다.

이곳에서 사용하는 언어는 아르센 공용어가 아니다. 하지만 전능의 팔찌가 있어 언어는 문제가 없었다.

이리저리 돌아다니다가 여관 겸 선술집을 발견했다.

'뿔난 양의 엉덩이'라는 괴상한 이름의 간판을 걸려 있는 술집이다.

삐거덕거리는 문을 열고 들어서니 열기가 느껴진다.

그러고 보니 여긴 여름이다. 아르센은 아직 2월이라 추운데 여긴 8월 한복판인 듯 덥다.

'지구의 북반구와 남반구가 계절이 반대이니 여긴 아르센이 아닌 다른 대륙이겠구나.'

현수가 자리에 앉자 날씬한 아가씨가 다가와 주문을 받는다. 그런데 술 이름부터 음식 이름까지 모두 생소하다.

게다가 말까지 다르다. 다른 대륙에 온 것이 분명하다. 하지만 의사소통은 된다. 전능의 팔찌가 또 한번 위력을 발휘하는 중이기 때문이다.

현수가 말을 제대로 알아듣지 못하자 주문받던 아가씨가 짜증 난다는 표정이다.

"이봐요, 헤르마에 처음 왔어요?"

"네? 아뇨, 처음은 아닙니다."

현수가 부인했지만 아가씨는 아니라는 걸 안다는 듯 대꾸한다.

"그럼 내가 가져다주는 걸로 배를 채워요."

"네? 그게 무슨……?"

"말해봤자 뭔지 모를 테니 그냥 주는 거 먹으라고요."

참 불친절한 식당이다. 하지만 어쩌겠는가.

지금은 시비를 걸 타이밍이 아니라 고개만 끄덕였다.

"4실버 30쿠퍼요."

음식값치곤 엄청나게 비싸다. 한국으로 치면 한 끼 식대가 43만 원이란 소리인 것이다.

"…여기요."

현수가 은화를 내밀자 아가씨는 새삼 위아래를 훑어본다.

"아……! 외출자였어요?"

"네? 외출 뭐라고요?"

"아, 됐어요. 잔돈은 내가 가져도 되죠? 그럼 기다려요."

종업원이 제 마음대로 팁을 챙기는 법이 어디 있단 말인가! 하지만 현수는 발작하지 않았다.

로마에 가면 로마의 법을 따르라는 말이 있다. 이곳에선 아가씨가 자신의 팁 액수를 정하는지도 모른다.

그렇기에 고개만 끄덕일 뿐이다.

잠시 후, 아가씨가 마음대로 정한 음식이 나왔다. 지구로 치면 돈가스 비슷한 것과 약간 독한 맥주이다.

한 모금 마셔봤는데 10도 정도 되는 듯하다. 특이한 건 지구에서처럼 시원하다는 것이다.

"이런 술, 저쪽엔 없죠?"

현수에게 음식을 주곤 가지 않고 맞은편에 앉은 아가씨가 물은 말이다.

"뭐라고요?"

"저쪽 대륙 말이에요. 아르, 아르센이라고 하나요? 거긴 아주 미개하다면서요?"

"……?"

"거긴 가봤을 테니 거기 얘기 좀 해봐요."

"내가 거길 가봤다는 걸 어떻게 알죠?"

현수의 물음에 아가씨는 앞주머니에 손을 쑥 집어넣어 조금 전 현수가 주었던 은화를 꺼내 보인다.

"이거요. 이건 저쪽에서 쓰는 거잖아요. 말해봐요. 거기 아가씨들은 어땠어요? 이쪽이 훨씬 낫죠?"

"......!"

"아, 배가 고파서 그래요? 알았어요. 그럼 먹고 있어요, 조금 있다 올 테니. 어디 가지 말아요? 안 가고 있으면 내가 이따가 상 줄게요. 상이 뭔지는 알죠?"

말을 마친 아가씨는 윙크를 하고 제 가슴을 두 손으로 잡고 위아래로 흔든다.

대체 무슨 의미의 몸짓인지 전혀 짐작되지 않는다.

"내가 바보가 된 건가? 지구에선 최고의 두뇌였는데."

나직이 중얼거린 현수는 돈가스 비슷한 음식을 먹기 시작했다. 물론 귀는 활짝 열어놓은 상태이다.

라텐주라는 조금 독한 맥주는 시원해서 그런지 먹을 만했다. 그러고 보니 음식에서 누린내가 나지 않는다.

후춧가루나 녹차 가루를 뿌렸나 싶어 유심히 살펴보는데 그건 아닌 듯싶다.

"뭐지?"

고개를 갸웃거리곤 더욱 집중해서 음식을 살폈다.

그러고 보니 접시도 투박한 질그릇이나 나무를 깎아 만든 목기가 아니다.

"설마 도자기?"

이조백자나 고려청자 급은 아니지만 나름대로 멋을 부린 도자기가 분명하다.

지구에서 만드는 것과는 다른 방식인 듯싶다.

"아르셴이 아닌 것은 분명하군."

현수는 음미하듯 음식을 먹고 술을 마셨다.

"휴우! 이제 좀 한가하네요."

털썩―!

주문을 받던 아가씨가 현수 맞은편에 다시 앉는다. 손에는 라덴주 한 컵이 들려 있다. 약 800cc 정도 되는 잔이다.

일반 맥주가 4.5도이니 약 1,800cc에 들어 있는 알코올이 담겨 있을 것이다.

꿀꺽, 꿀꺽, 꿀꺽, 꿀꺽―!

"캬아아! 시원하네."

단숨에 잔을 비운 아가씨는 입술에 묻은 거품을 팔뚝으로 문질러 닦고는 현수를 빤히 바라본다.

"흐음! 말해봐요. 그쪽은 아무리 봐도 외출자 같지는 않은데, 어떻게 된 거죠?"

"뭐가요?"

"외출자들은 룩셔의 고수여야 하잖아요. 근데 그쪽은 전혀 그렇게 안 보이거든요."

'룩셔? 룩셔가 뭐지? 태권도 같은 무술 이름인가?'

처음 듣는 어휘에 어리둥절한 표정을 지어야 하지만 현수는 포커페이스를 유지했다.

침입자라는 것을 들킬 수 있다는 걸 알기 때문이다.

현수는 대답 대신 화제를 돌렸다.

"그나저나 그쪽 이름은 뭐죠?"

"나요? 왜요? 이름 가르쳐 주면 날 꼬시려구요?"

아가씨는 어디서 감히 수작을 부리느냐는 표정을 짓는다. 자신을 어떻게 해보려 접근하는 사내가 많았기 때문이다.

"가르쳐 주기 싫음 말구요."

현수는 관심 없다는 듯 다시 음식을 먹기 시작했다.

"……. 난 파티마 이브라힘이에요. 그쪽은요?"

"나는 하인스요."

"그게… 본명이에요? 아님 외출자의 닉네임이에요?"

"본명입니다."

"참 특이한 이름이군요. 하인스, 하인스! 발음하기도 나쁘고. 뭐 특색은 있네요. 만나서 반가워요, 외출자 하인스 씨!"

아르센 대륙에선 가장 흔한 남자 이름인데 이곳에선 괴상하게 들리는 모양이다.

아가씨는 남들이 듣든 말든 상관없다는 듯 큰 소리로 말한다. 이때 곁에 있던 사내가 관심 있다는 듯 시선을 돌린다.

"외출자라고? 누가? 이 친구가?"

"에이, 아닌데? 외출자 아무나 하나? 이 친구는 비리비리해서 외출자 관문을 통과 못했을 거 같은데?"

현수는 반응을 보이지 않았다. 가급적 마찰이 적어야 이곳이 어떤 곳인지 보다 빠르게 확인할 수 있기 때문이다.

"외출자 맞아요. 저쪽 돈을 들고 있었거든요."

"그래? 어떻게 관문을 통과했지? 그거 엄청 힘든 거잖아."

"맞아. 아무리 봐도 비리비리한데. 거참, 신기하군."

현수가 있는 주변의 사람들 모두 한마디씩 하는데 왠지 부러움이 섞인 분위기이다.

'흐음, 외출자는 아르센 대륙과 이곳을 오가는 자들을 칭하는 것 같은데, 그게 그렇게 좋은 건가?'

현수가 이런 생각을 하고 있는데 파티마 이브라힘이라는 아가씨가 주방에서 두 잔의 라덴주를 가져온다.

쿵, 쿵—!

"나랑 한잔할래요?"

시선을 들어보니 제법 예쁘장하게 생겼다.

특히 눈이 예뻤다. 인도의 여배우 디피카 파두콘(Deepika Padukone)이랑 비슷한 느낌이다.

"나랑 한잔하고 싶어요?"

현수의 반문에 파티마 이브라힘이 고개를 끄덕인다.

"왠지 그쪽이 끌리네요, 외출자 하인스 씨! 한잔해요, 나랑! 기분 좋으면 뽀뽀까지는 해줄 수 있어요."

도발적인 눈빛으로 한번 해보겠느냐는 표정을 짓는다.

현수는 이렇듯 도발적이고 도전적인 여자를 상대해 본 적이 없다. 지구에선 예카테리나 일리치 브레즈네프가 노골적으로 호감을 표시하고 있지만 이 정도는 아니다.

미모가 떨어진다는 게 아니라 훨씬 더 적극적으로 연애 한번 하자고 다가오는 느낌이다.

주도권을 잃은 듯한 느낌이 들어 한마디 했다.

"흐음! 뽀뽀라…… . 날 너무 싸구려로 보는 거 아니오?"

"으잉? 뽀뽀만으로는 부족하다는 거예요, 뭐예요? 뭐 이렇게 엉큼해요? 좋아요. 나보다 술이 세면 키스까지 허락하죠. 됐죠? 자, 한 잔 받아요."

파티마 이브라힘이 술잔을 밀어서 건넨다. 이를 받는데 한마디 더 한다.

"참, 이건 특제 라덴주예요. 아까 것보다 조금 더 강해요. 다시 말하지만 나랑 키스하려면 나보다 술이 세야 해요. 난 술주정뱅이는 싫어하니까요."

현수는 좀처럼 적응되지 않는 여자라는 생각을 하면서도 고개를 끄덕였다.

술을 마셔도 취하지 않을 자신이 있다.

큐어 포이즌 마법을 쓰지 않아도 그랜드 마스터의 체력은 앉은자리에서 소주 열 병을 마셔도 끄떡없게 하기 때문이다.

현수가 잔을 들자 파티마 이브라힘이 자신의 잔을 들어 보이곤 그대로 원샷한다. 독한 술이라 경고해 놓고 정작 본인은 물마시듯 들이켠다.

"캬아! 시원해!"

탕—!

이번에도 윗입술에 묻은 거품을 팔뚝으로 닦아낸다. 그리곤 너도 어서 마시라고 눈짓한다.

독약을 탔어도 아무런 해를 끼치지 못하는데 이깟 술쯤이야 하고 현수 역시 단숨에 잔을 비웠다.

아까 것이 10도라면 이번 것은 12도쯤 된다. 맥주치고는 도수가 높다. 하지만 현수는 이미 경험한 바 있다.

몽골에 갔을 때 먹어본 맥주도 12도였다.

"호오! 제법 하네요. 한 잔 더?"

"좋지! 그런데 술값은 누가 내지?"

"그야 외출자 하인스 씨가 내셔야죠. 연약한 내가 내요?"

파티마 이브라힘은 생글생글 웃고 있다. 도저히 거절하지 못하게 하는 표정이다.

"그러지. 한 잔 더."

"오케이! 좋았어요. 잠시만 기다려요. 술 가져오는 김에 안

주도 더 내올게요."

현수가 고개를 끄덕이자 파티마는 신 난다는 듯 엉덩이를 흔들며 주방으로 들어간다.

이때 현수의 귀로 누군가 하는 말이 들린다.

"쯧쯧! 오늘은 저 친구야? 파티마에게 걸리면 주머니 탈탈 털리는데 누가 나서서 얘기해 줘야 하는 거 아냐?"

"놔둬. 저 친구, 파티마를 어떻게 한번 해보려고 그러는가 본데, 그러려면 대가를 치러야지."

"지금껏 파티마와 대작해서 이긴 사내가 있었나?"

"없었지. 어떻게 파티마를 이겨? 쟤는 말술[6]이야."

"쯧쯧! 돈만 잔뜩 쓰고 취해서 쓰러지겠군."

"흐흐흐! 그렇겠지? 그럼 파티마는 저 녀석을 제일 후진 방에 쑤셔 박고는 숙박비까지 챙길 거야."

이야기를 들어보니 파티마는 이 술집 주인의 딸이다.

작년부터 서빙을 시작했는데 손님들과 내기를 하여 본인의 배를 채우고 술까지 즐긴다. 점심과 저녁, 그리고 술과 안주 모두 손님이 내게 만들어 매상을 팍팍 올리고 있다.

파티마의 미모를 탐한 사내들의 결말은 잔뜩 취해 주머니를 탈탈 털리는 것이다.

"쟤는 작정을 하고 와도 소용이 없어. 특이체질이라 아무

---

6) 말술(斗酒) : 한 말(18.039 *l*)가량의 술. 주량이 매우 큼을 의미하는 말.

리 마셔도 취하지 않는대."

누군가의 말이다.

'특이체질? 세상에 그런 게 어디 있어? 흐음! 뭔가 감추고 있군. 그렇다면 뭐⋯⋯.'

현수가 이런 생각을 하고 있을 때 파티마 이브라힘이 두 잔의 술과 기름진 안주 한 접시를 가져온다.

"자, 본격적으로 한번 마셔보자구요!"

"이것만 마시면 파티마와 키스하는 건가?"

"에이, 설마요! 이것 가지곤 어림도 없죠. 최소한 이걸로 여덟 개는 더 마셔야죠."

12도짜리 술 800cc짜리 열 잔이면 한국에서 4.5도짜리 맥주 21,333cc를 마시는 것과 같다. 이걸 마시기 전에 10도짜리 한 잔을 비웠으니 1,777cc를 추가해야 한다.

둘을 합치면 23,110cc이다. 웬만큼 마신다는 남자들도 이정도면 다음 날까지 떡이 된다.

파티마 이브라힘은 자신 있느냐는 표정으로 현수를 바라보고 있다. 상당히 도도한 표정이다.

문득 호승심이 돋은 현수는 피식 웃었다.

"뭐, 한번 마셔보지. 우선 이것부터."

앞에 놓인 술잔을 든 현수는 단숨에 비웠다.

"꿀꺽, 꿀꺽, 꿀꺽─! 캬하아─!'

탕—!

단숨에 잔을 비운 현수는 닭튀김 비슷한 음식을 찢어 입에 넣으며 파티마를 바라본다.

"파티마도 한잔해야지?"

"제법이군요. 좋아요. 오늘 호적수를 만난 걸 인정해요. 그래도 내 입술을 차지하긴 힘들 거예요."

말을 마친 파티마 역시 단숨에 잔을 비운다.

술은 빨리 마실수록 빨리 취하게 마련이다. 알코올을 더 빨리, 더 많이 섭취하는 것과 같기 때문이다.

그럼에도 술잔을 단숨에 비운 건 사내들에게 호기를 요구하는 전략이다.

파티마는 다음 잔부터는 속력을 조절해 가며 마실 생각이다. 물론 상대하는 사내들은 계속 단숨에 마셔야 한다.

그렇게 사내가 다섯 잔을 넘길 때면 파티마는 석 잔 정도를 비운 상태가 된다. 섭취량에 차이가 있으니 사내는 해롱대기 시작한다. 이때부터는 약간의 도발만으로도 계속 단숨에 술을 비우게 할 수 있다.

사내가 여덟 잔을 비웠을 때 파티마는 넉 잔을 비우고 다섯 잔째에 입을 댄 상태가 된다.

이 정도면 대부분 나가떨어진다.

그럼 주머니를 뒤져 계산을 한다. 다른 사람들이 보는 앞에서 액수까지 확인시켜 뒷말이 나올 수 없게 한다.

다음은 사내를 골방에 처박는 것이다. 물론 사전에 숙박비를 챙긴다. 그리곤 시원한 물 한 잔을 넣어준다.

눈 뜨면 냉수 먹고 속 차리라는 의미이다.

그런데 오늘은 여느 날과 다르다.

하인스라는 사내는 자신의 육감적인 몸매와 빼어난 얼굴을 보고도 찝쩍거리는 모습을 보이지 않고 있다.

이곳 헤르마는 마인트 대륙의 북단에 위치한 항구도시이다. 많은 용병과 장사꾼들이 돌아다니는 곳이다.

특이하게도 이 도시엔 영주가 없다.

대다수 주민인 용병과 상인들의 대표인 용병지부와 상인 연합회가 자치회를 만들어 유지시키고 있다. 그래서 마인트 대륙에서 유일하게 자유스런 분위기인 곳이다.

어쨌거나 파티마 이브라힘은 '헤르마의 히야데' 라는 별칭으로 불린다.

히야데는 이곳 마인트 대륙의 주신(酒神) 이름이다.

몹시 아름답지만 자신과의 대작에서 지면 목숨을 빼앗는 비정한 여신이다.

파티마 역시 매우 아름답고 무자비하게 사내들의 주머니를 털기에 이런 별명으로 불리는 것이다.

파티마와 현수가 대작을 시작하자 꼬맹이 하나가 술잔을

날아온다. 파티마의 동생이라 한다.

현수는 세 번째 잔도 단숨에 비웠다.

그리곤 파티마를 바라보았다. 겉보기엔 '내가 잔을 비웠으니 너도 비워라' 하는 표정일 것이다.

이 순간 현수는 뷰 마나 포스 마법을 구현시키고 있다.

주변에 마법사가 있을 수 있기에 마나 유동을 최대한 감추기 위해 집중하는 중이다.

'으이구, 그럼 그렇지.'

파티마의 오른쪽 허리 부분에 무언가가 붙어 있다. 보아하니 큐어 포이즌 마법이 인챈트된 아티팩트인 듯하다.

현수는 슬그머니 마나를 뿜어 마법진 간섭 현상을 일으켰다. 신체에 아무런 해도 끼치는 것이 아닌지라 파티마는 전혀 모르고 있다.

이 순간 파티마가 잔을 든다. 그리곤 호기롭게 잔을 비우기 시작한다.

"꿀꺽, 꿀꺽, 꿀꺽―!"

술이 목구멍을 통과하는 소리가 들린다. 그런데 조금 전처럼 단숨에 마신 것이 아닌 중간중간 쉬면서 잔을 비운다.

"캬하아―!"

타앙―!

잔 내려놓는 소리가 조금 더 커졌다.

"됐죠?"

"그래, 여자치곤 엄청 잘 마시는군."

말을 마친 현수는 다음 잔도 단숨에 비웠다.

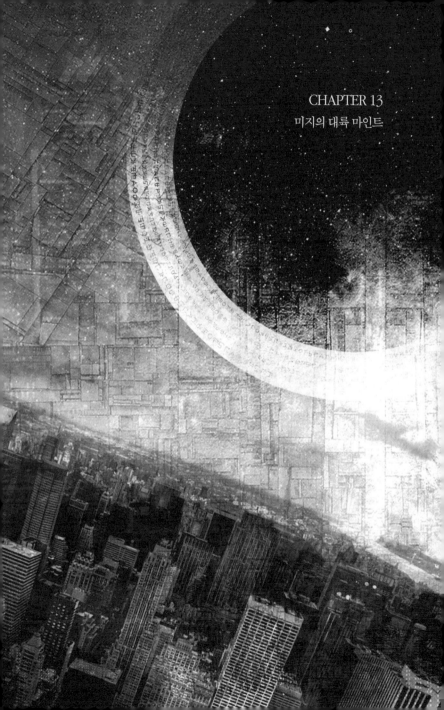

CHAPTER 13
미지의 대륙 마인트

"와아! 오늘 파티마가 임자 만났네, 임자 만났어!"

"크흐흐! 파티마 오늘 입술 빼앗기게 생겼네!"

"그러게! 저 도도한 것이 오늘… 크흐흐! 어서 소문내!"

"그래! 파티마 저거, 입술 뺏기는 모습은 다 봐야 해!"

그러고 보니 손님들 모두 둘의 대작에 집중하고 있다. 잠시
후, 주점은 발 디딜 틈 없이 사내들로 채워졌다.

'헤르마의 히야데'가 오늘 드디어 임자를 만났다는 말에
너도나도 구경하러 온 것이다.

현수는 모르지만 이곳 마인트 대륙은 아르센 대륙과 풍습

이 많이 다르다.

아르센 대륙에선 사랑하는 사이라면 결혼을 하지 않아도 키스를 할 수 있다. 그러다 다툼이 잦아지면 헤어질 수도 있고, 키스에 대한 아무런 책임도 묻지 않는다.

그런데 이곳 마인트 대륙에선 부부라 할지라도 키스를 하지 않는다. 입술과 입술을 맞대는 단순한 뽀뽀는 연인 사이에도 한다.

그럼에도 혀를 사용하는 키스를 하지 않는 이유는 여인이 사내에 의해 지배당한다고 생각하기 때문이다.

지금과 같은 경우 현수가 이기면 키스를 한다.

그러면 파티마 이브라힘은 현수가 무엇을 요구하든 다 들어주어야 하는 존재로 전락해 버린다.

주인과 노예 관계 비슷한 것이 되어버리는 것이다.

주인은 노예의 모든 것을 마음대로 할 수 있다. 당연히 잠자리 상대로 쓸 수도 있고 남에게 빌려줄 수도 있다.

당연히 돈을 받고 팔아치울 수도 있다. 다만 한 가지, 목숨을 빼앗는 것만은 요구할 수 없다.

그래서 파티마는 한 번도 지면 키스한다는 말을 하지 않았다. 그런데 오늘 현수의 작은 도발에 울컥하여 키스를 내기로 건 것이다. 왜 그랬는지는 본인도 모른다.

그간 파티마는 거의 매일 사내들을 홀려 주머니를 털었다.

수많은 사내가 도전했으나 그때마다 당당히 승리를 쟁취하며 도도한 모습을 보여주었다.

오늘 현수에게 수작을 걸었을 때 모두들 처음 본 사내가 거지꼴이 되겠구나 하고 생각했다. 이곳은 술값과 안줏값이 만만치 않기 때문이다.

아름다운 파티마가 있어서이기도 하지만 술과 안주 맛이 다른 주점보다 월등히 좋아서이다.

현수는 두 볼이 붉어진 파티마를 보고 피식 웃었다. 아티팩트가 힘을 발휘하지 못하자 취기가 오르기 시작한 것이다.

"한 잔 더 해야지?"

"그럼, 당연하쥐요! 야, 술 더 가져와!"

큰소리를 치고 있지만 파티마의 혀가 꼬이기 시작한 건 모두가 알 수 있었다.

"파티마, 컨디션이 안 좋아? 웬일이야, 벌써 혀가 꼬이고? 그러다 지면 어떻게 해?"

시선을 돌려보니 젊은 사내인데 걱정하는 표정이다.

파티마를 꼬시려고 네 번이나 도전했다가 네 번 다 패배의 쓴잔을 마신 청년이다.

걸친 의복을 보니 귀족가의 자제인 듯싶다.

"자, 이번에도 내가 먼저 마시지."

쭈우우욱! 벌컥, 벌컥, 벌컥!

"캬아아! 좋군!"

탕—!

현수의 잔이 또 비워지자 파티마는 슬쩍 눈치를 본다. 본인도 본인의 상태가 어떤지를 느낀 모양이다.

허리춤을 만지며 아티팩트가 제대로 있는지를 확인하며 당황하는 모습을 보인다. 현수는 희미하게 미소를 지었다.

"파티마, 내가 한 잔 더 먼저 마셔도 돼?"

"그, 그럼요! 손님이 원하시는 대로 해요"

파티마는 잘되었다는 듯 자신의 잔을 밀어준다.

"내가 이걸 다 마시면 파티마는 두 잔을 더 마셔야 하는 거야. 알지?"

"그, 그럼요!"

"파티마가 두 잔을 다 못 마시면 나하고 키스하는 거 확실하지? 설마 나중에 못하겠다고 빼거나 그럼……."

"절대 안 그래요! 그러니 어서 잔이나 비워요!"

파티마는 아티팩트가 작동되기만 하면 금방 술이 깰 것이라 생각하는 모양이다.

"좋아. 내가 먼저 마시지."

현수는 이번에도 단숨에 잔을 비웠다. 입술에 묻은 거품을 닦아내며 파티마를 바라보자 당황한 듯 안절부절못한다.

술이 말끔히 깨야 하는데 점점 더 취하는 것 같으니 어찌 안 그렇겠는가!

"어이! 여기 술 두 잔 더 부탁해!"

"네, 손님!"

꼬맹이는 오늘도 누나가 이길 거라 생각하는지라 신 나서 주방으로 들어간다. 그리곤 찰랑찰랑하게 잔을 채워 나온다.

탕, 탕─!

"파티마, 이제 마셔. 난 안주나 먹을게."

현수는 제법 짭짤한 안주를 입에 넣고 질겅질겅 씹었다.

"⋯⋯!"

파티마는 가득 채워진 잔을 보며 아무런 말도 없다. 더 이상 마시기 힘들다 느끼고 있기 때문이다.

"파티마, 잔 안 비워?"

"마셔요! 마실 거예요. 우엑! 우웨에에에엑─!"

속이 울렁거리는 걸 어떻게든 다스리려 하던 파티마는 무엇을 먹었는지를 적나라하게 보여주었다.

서둘러 자리에서 일어나 뒤로 물러선 현수는 앞섶에 묻은 토사물을 털어냈다.

"이런 제길!"

"와아! 피타미가 졌다! 졌어!"

"그래! 이건 분명 파티마의 패배야!"

사내들이 일제히 즐거워한다. 남의 불행은 나의 행복인 때문이다. 그리고 관객은 대형 사고를 좋아한다.

"키스해! 키스해! 키스해!"

누군가의 선창에 모두들 따라서 소리친다.

쿵, 쿵, 쿵, 쿵―!

"키스해! 키스해!"

쿵, 쿵, 쿵, 쿵―!

"키스해! 키스해!"

일제히 발을 구르며 소리치자 주점 전체가 울린다.

천장의 먼지가 쏟아져 내리건만 어느 누구도 신경 쓰지 않고 소리를 질러댄다.

쿵, 쿵, 쿵, 쿵―!

"키스해! 키스해!"

발 구르는 소리와 키스하라는 소리가 점점 커지자 지나가던 행인들까지 기웃거린다. 파티마가 진 게 사내들의 체면을 세운 거라 생각하기 때문이다.

"이봐, 친구! 어서 파티마와 키스하라구!"

"그래! 어서 키스해!"

모두들 현수에게 키스를 종용한다. 그런데 이제 금방 토한 입에 키스를 하고 싶은 사람이 누가 있을까?

하여 한마디 하려는데 파티마가 엎어진다.

쿵―!

파티마는 자신이 토해놓은 토사물에 코를 박고 있다. 완전히 맛이 간 것이다.

"으이구! 더러워!"

모두들 이맛살을 찌푸리며 물러선다.

"이봐, 내일 아침에 꼭 해! 알았지?"

"그래, 내일 아침에 깨면 깨자마자 해!"

사내들은 모두가 한통속이 되어 소리를 지른다.

"야! 우리 오늘 밤 가지 말고 여기서 밤새우자! 내일 아침 저 친구랑 파티마랑 키스하는 거 봐야지!"

"좋아, 좋아! 그러자, 그래!"

"좋은 생각이야! 자, 이제부터 술 파티다! 자, 마시자!"

한바탕 왁자지껄한 소동이 벌어진다.

내일 아침 신세 망치는 파티마를 볼 수 있다는 기대 때문에 흥분한 것 같다.

"꼬맹아, 누나 방은 어디냐?"

승승장구하던 누나가 엎어지자 파티마의 동생인 야흐야 이브라힘은 울상이다. 나이는 어리지만 키스를 하면 안 된다는 것 정도는 알고 있기 때문이다.

"혀엉―! 정말 우리 누나랑 키스할 거예요?"

"그럼, 해야지. 누나 방은 어디냐?"

"뒤채 이층 가운데 방이에요."

야흐야 이브라힘은 고개를 떨구며 선술집 뒷문 밖에 있는 아담한 이층집을 가리킨다.

현수는 파티마를 안아다 침대에 뉘였다.

술에 완전히 취해 인사불성인 듯 축 늘어져 있지만 현수는 알고 있다. 파티마는 지금 잔꾀를 부리고 있는 중이다.

뉘어놓고 보니 얼굴에 묻은 토사물 때문에 가관이 아니다.

"파티마, 일어나서 씻어. 얼굴이 엉망이야."

"으음, 으으으음."

'나 취해서 아무것도 못 알아들어' 라는 뜻일 것이다.

"안 일어나면 수건을 물에 적셔와 대강 씻기고 확 키스해 버린다. 안 일어날 거야?"

"…이, 일어나요."

파티마는 아까의 당당함을 완전히 잃고 눈치를 본다.

내기에 졌으니 약속대로 키스를 하면 평생 현수를 쫓아다니며 온갖 수발을 다 들어야 한다.

현수의 잠자리 시중을 드는 건 그렇다 쳐도 잘못 보이면 뭇 사내들의 노리개로 전락할 수도 있다. 실제로 그렇게 하여 돈을 버는 사내가 있음을 잘 알고 있다.

"진 거 인정해?"

"……!"

쉽게 대답하지 않는다. 인정하는 즉시 키스를 하자고 할 것이고, 그럼 인생 끝이기 때문이다.

"안 해? 다른 사람들 불러서 누가 이긴 건지 확인하고 다들 보는 앞에서 키스할까?"

"아, 아니에요! 졌어요! 제가… 흐흑! 제가 졌다구요.!"

파티마는 눈물을 흘리며 고개를 숙이는데 몸을 떨고 있다. 미구에 닥칠 일이 불안해서일 것이다.

"좋아. 그럼 약속한 대로 키스할까? 아님 내게 이곳에 대해 이야기해 줄 거야?"

키스한다는 말에 자지러질 듯 놀라는 이유를 알 수 없다.

다만 한 가지, 이곳에선 키스가 뭔가 중대한 의미가 있다는 건 짐작할 수 있었다. 하여 일부러 키스를 강조한 것이다.

"네? 그게 무슨……?"

파티마의 눈이 동그랗게 변한다.

"나 사실 이곳 사람 아냐. 아르센 대륙에서 왔지. 내 이름 이상하다며? 그게 아르센에선 가장 흔한 이름이야."

"그, 그럼… 외출자가 아닌 거예요?"

파티마는 적이 당황스럽다는 표정이다.

"그래. 외출자가 뭔지는 모르지만 나는 이곳 사람이 아니야. 여기는 오늘 처음 왔어. 그러니 이곳에 대해 설명해 줄 사람이 필요해. 파티마가 그래줬으면 좋겠는데, 어때? 말해줄 수 있어? 아님 키스를 하고."

현수가 본인의 신분을 털어놓은 건 마법으로 기억을 지워 버리면 될 것이기 때문이다.

"저, 정말 이야기만 해주면 키스 안 할 거예요?"

파티마는 도저히 믿을 수 없다는 표정이다. 사내들이란 다 늑대다. 아빠와 동생을 빼고 모두 그렇다.

자신이 원하는 잠자리를 갖기 전까진 살살거리며 온갖 비위를 다 맞춰준다. 그러다가 일단 욕심을 채우고 나면 언제 그랬느냐는 듯 안면몰수한다.

여인들은 간이라도 빼줄 것 같던 사내에게 속아 모든 것을 내줬는데 차갑게 돌아서면 당황하며 바짓가랑이를 잡고 울먹인다.

순결을 잃은 여인은 다른 사내의 품에 안길 수 없는 것이 이곳의 풍습인 때문이다.

"저, 정말이죠? 정말 말만 해주면 키스 안 할 거죠?"

"그래. 안 해. 오늘 처음 만났는데 술 한잔 같이했다고 키스하는 건 좀 너무하잖아? 안 그래?

"그, 그렇죠! 맞아요! 처음 만난 날 키스하는 건 진짜 너무한 일이에요! 맞아요!"

파티마의 안색이 급속도로 밝아진다.

하늘이 무너져도 솟아날 구멍이 있다는 속담이 이 동네에도 있는지는 모르겠으나 그런 걸 생각하는 모양이다.

"자, 그럼 여기 얘기를 좀 해줘. 돈은 어떤 걸 쓰고, 옷은 어떤 걸 입으며, 음식은 어떤 것이 있는지부터."

"네! 여기는요, 마인트 대륙이라는 곳이에요."

"마인트 대륙?"

"네, 다른 말로는 마법사들의 제국이라고도 하죠. 딱 한 나라뿐이니까요."

"대륙이라고 했는데 얼마나 크기에 그래?"

"예전엔 약 150개 나라가 있었어요. 여기는요……."

파티마의 설명이 이어졌는데 다음이 그 내용이다.

마인트 대륙의 역사는 유구하다.

지난 5천 년간 수많은 국가가 명멸했고, 한때는 찬란한 문화를 갖기도 했다.

그러다 300년쯤 전에 마법사들에 의해 전 대륙이 하나로 통일되었다. 그렇게 건국된 나라가 로렌카 제국이다.

참고로 로렌카란 이곳 마인트 어(語)로 '위대한 마법사'라는 뜻이다.

초대 황제에 의한 제국 선포와 동시에 기존 국가들은 강제로 해산되었다. 각국의 국왕과 황제, 그리고 왕자들은 참수형에 처해졌고, 황비, 왕비, 공주들은 성노예로 전락했다.

대공, 공작, 후작, 백작, 자작, 남작, 준남작 같은 귀족들 역시 목숨을 잃었고, 가족은 모두 노예가 되었다.

사내들은 노역형에 처해졌고, 여인들은 몸을 팔게 되었다.

철저하게 지워 버린 것이다.

이렇게 해서 비워진 권력의 공백은 전부 마법사들로 채워졌다. 그리곤 마법사 특유의 괴팍한 성품만큼 잔인한 방법으로 백성들을 다스렸다.

세금은 수확량의 70%이다. 이에 대해 이의를 제기하면 눈알을 뽑거나 팔다리를 분질렀다.

목숨을 빼앗는 일도 부지기수였다. 권력을 가지지 못한 사람들은 가축과 동급이었다.

이에 반발한 기사들의 맹렬한 저항이 있었지만 30년에 걸친 대대적인 토벌 끝에 지리멸렬해 버렸다.

처음부터 한데 뭉쳐 저항했다면 어쩌면 승산이 있었을지도 모른다. 그런데 그러지 못했다.

각자 다른 나라에 속해 있었고, 각기 다른 주군을 모시던 존재이기 때문이다.

여기저기 산발해 있던 기사들은 차츰 하나의 세력을 형성했다. 뭉치면 살고 흩어지면 죽는다는 걸 깨달은 것이다.

마인트 대륙은 늙은 호박과 같은 모습이다. 기다란 꼭지의 하부엔 동서를 가로지르는 높은 산맥이 형성되어 있다.

험준하고 몬스터들이 우글거리기에 육로는 없다.

그 끝이 바로 이곳 헤르마이다.

마인트 어로 '꼭지'라는 뜻이다.

마법사에 대항하던 기사들은 배를 타고 이곳으로 모여들었고, 어부들의 도움을 얻어 게릴라전을 펼쳤다.

그런데 전투에서 죽은 동료가 데스나이트가 되어 공격하는 상황이 빚어지자 전의를 상실했다. 차마 죽은 동료의 시신에 검을 휘두를 수 없었기 때문이다.

얼마 지나지 않아 기사들은 손에서 검을 놓았다.

세월이 흐르면서 반항이 무의미할 정도로 전력 차가 커졌음을 깨달았기 때문이고, 대륙에 남은 가족들이 극심한 탄압을 받았기 때문이다.

상당한 수가 마법사들에게 끌려가 살아 있는 마법 재료가 되었던 것이다. 이 과정에서 많은 목숨이 사라졌다.

그렇게 로렌카 제국은 나라의 기틀을 다졌다. 마법사들이 모든 것을 차지한 제국이 완성된 것이다.

사람들은 피바다 위에 세워진 제국이라 하여 '블러드 엠파이어(Blood Empire)'라 일컫기도 했다.

그러던 어느 시절, 마법사들이 죽기 시작했다.

며칠 전까지만 해도 팔팔했는데 갑자기 고통을 호소하다 싸늘한 시신이 되는 일이 벌어진 것이다.

이때 마법사들을 죽음으로 몰아간 것은 '유행성 뇌척수막

염' 으로 짐작된다. 병에 걸린 자들이 고열과 두통, 그리고 구역질과 목이 뻣뻣해지는 증상을 호소한 것이 그 증거이다.

지구에선 증세를 완화시키는 대증요법으로 사망률을 줄일 수 있었겠지만 로렌카 제국은 의학이 발달된 곳이 아니었다.

힐링과 큐어, 그리고 컴플리트 힐이나 리커버리 같은 마법으로 치료하려 했지만 다스려지지 않았다.

수막염균이 원인인데, 잠복기가 불과 2~3일이라 마법을 쓰기도 전에 급속도로 악화된 때문이다.

이 시절, 권력을 차지한 마법사들은 문란하다 해도 좋을 만큼 난잡한 성생활을 즐겼다.

'소돔과 고모라[7]' 보다 더하면 더했지 결코 덜하지 않았다.

너도나도 미녀들을 아내와 첩으로 삼기 시작했다.

열 명은 보통이고 이십 명 이상을 처첩으로 거느리는 자들도 수두룩했다. 명분은 우수한 형질을 가진 사내의 자식이 태어나야 훗날 나라가 부강해진다는 것이었다.

그런데 아무리 체력이 좋은 사내라 할지라도 매일 밤 열 명, 스무 명을 다 만족시켜 줄 수는 없다.

하여 선택받지 못한 여인들은 독수공방을 해야 한다.

그러다 욕정을 견디지 못한 여인들은 몰래 하위 마법사들과 밤을 보냈다. 일부는 서로가 서로를 만족시켜 주는 레즈비

---

7) 소돔과 고모라(Sodom & Gomorrah) : 『구약성서』의 「창세기」에 기록되어 있는 악덕과 퇴폐의 도시. 신의 노여움을 받아 유황과 불에 의하여 모두 멸망했다.

언이 되기도 했다. 그 결과 유행성 뇌척수막염이 마법사들을 휩쓸어 버린 것이다.

사인 규명에 나선 결과 키스가 원인으로 지목되었다.

유행성 뇌척수막염은 환자의 코와 입에서 나오는 물질을 직접 접촉하면 전염되니 나름 정확한 사실 규명이다.

결과를 파악한 황제는 전국에 칙령을 내려 키스를 금지했다. 그런데 그런다고 키스를 안 하겠는가?

칙령이 내려졌어도 마법사들은 무수히 죽어갔다.

하여 키스를 하면 여인이 사내에게 종속되는 법안을 반포했다. 다시 말해 키스를 하면 여자는 남자의 소유가 된다.

여인들이 적극적으로 키스를 회피하려 하는 것은 자연스런 현상이다. 자유를 잃고 억압당하기 때문이다.

그 후로 긴 세월이 흘렀지만 로렌카 제국은 그때를 잊지 않고 있다. 하여 아직도 '키스 금지' 법령은 유효하다.

현수는 파티마로부터 마인트 대륙에 관한 많은 이야기를 들을 수 있었다.

현재 머물고 있는 이곳 헤르마는 산맥이 가로막고 있어 중앙의 입김이 가장 약한 곳이라 한다. 하여 다른 곳에 비해 자유스럽지만 통행은 엄격한 제한을 받고 있단다.

마법사, 또는 그의 휘하에서 일하는 관리가 아닌 일반인은 '이동의 자유', '거주 이전의 자유'가 없다.

제국에서 발행한 통행증이 있어야 돌아다닐 수 있다. 관리와 상인, 그리고 용병 등에게만 주어진다.

통행증은 무료 발급이 아니다. 게다가 유효기간까지 있다.

파티마는 누군가 객실에 흘리고 간 통행증을 보여주었다. 받아서 살펴보니 위조 방지를 위한 마법진이 그려져 있다.

쓰여 있는 내용을 읽어보니 유효기간 10년짜리인데 약 반년 정도 기간이 남아 있다.

현수는 마법사들에 대해 꼬치꼬치 물었다. 마나를 감출 수는 있지만 마법을 쓰면 알아차릴 수 있기 때문이다.

아쉽게도 파티마는 마법사들에 대해 아는 바가 적었다.

워낙 괴팍하고 무섭게 굴어서 그런지 아예 호기심조차 갖지 않은 때문이다.

그래도 아예 정보가 없는 것은 아니었다.

이곳 헤르마엔 포탈 마법진이 있었다. 이곳을 관리하는 관리들이 있는데 가장 높은 자의 성명이 라쉬드이다.

휘하엔 여섯 명의 마법사와 병사 200명이 있다.

이들의 임무는 포탈 마법진을 이용하여 아르센 대륙으로 이동하는 외출자들의 출입을 관리하는 것이다.

외출 명령서를 가지고 있는지의 여부를 확인하고, 그가 필요로 하는 것을 조달해 줄 임무가 있다.

외출자들은 아르센 대륙의 이모저모를 파악해 오는 일종

의 스파이다. 약 10년에 걸친 엄격한 훈련을 통과한 자들만이 외출자가 될 수 있는데 최하가 4서클 마법사이다.

지난 100년간 은밀히 파견되었고, 거의 모두가 귀환하였다. 이들의 임무 중 하나는 아르센 대륙의 마법서를 구해오는 것이다.

이곳과 사뭇 다른 방법으로 마법을 구현시키는 것에 대한 호기심 때문만은 아니다. 장차 정복하게 될 아르센 대륙의 장단점을 파악하기 위함이다.

다른 하나는 아르센 대륙의 초특급 미녀들을 데려오는 것이다. 이곳 고위 마법사들의 요구이다.

자신들의 하렘을 보다 풍요롭게 하기 위함이다.

현수는 파티마와 많은 대화를 나눴다.

이 과정에서 많은 정보를 입수했다. 하지만 정작 중요한 권력의 핵심에 대한 것은 알아낼 수 없었다. 하긴 선술집 주인의 딸이 세상에 대해 알면 얼마나 알겠는가!

원하는 정보를 얻으려면 로렌카 제국의 수도 맥마흔으로 가봐야 할 것 같았다.

새벽 무렵, 하품을 계속하던 파티마는 결국 깊은 잠에 빠졌다. 피곤한데다 술을 마셨고, 키스 때문에 잔뜩 긴장한 상태에서 새벽까지 잠도 못 자고 묻는 말에 대답해야 했기에 결국 곯아떨어진 것이다.

현수는 파티마의 기억 가운데 자신과 관련된 것들을 지웠다. 메모리 일리머네이션 마법을 쓴 것이다.

"흐으음!"

현수는 턱을 괸 채 들은 이야기를 종합해 보았다.

로렌카 제국은 마법사들이 장악한 나라이다.

이 대륙에 기사가 얼마나 많았는지는 몰라도 단숨에 휩쓸었다면 그 능력이 결코 허접하진 않을 것이다.

가장 중요한 정보 획득이 되지 않았으니 함부로 움직여선 안 될 것 같았다. 왠지 모를 불안감을 느낀 것이다.

아르센 대륙에 와서 몇 번 느껴보지 않은 기시감이다.

'흐음! 뭔가가 있다는 거네. 그렇다면 일단 준비할 건 해야겠지? 뭐부터 해야 하지?'

우선 조금 더 정보를 얻어야 한다.

용병이나 상인이 많으니 그들을 통하면 파티마보다는 조금 더 구체적인 정보를 얻을 수 있을 것이다.

문제는 전혀 우호적이지 않다는 것이다.

그리고 이곳 사람들은 이실리프 마탑에 대해 아는 바가 전혀 없으니 마탑주라는 신분도 소용없다.

올웨이즈 텔 더 트루스 같은 자백 마법을 쓰면 되지만 저어된다. 포탈을 관리하는 마법사가 몇 서클인지는 알 수 없지만 마나 유동을 완벽하게 감출 수는 없기 때문이다.

틱을 괸 채 이런저런 생각을 하고 있던 중 뇌리를 스치는 상념이 있다.

"참, 내가 제 시간 내에 돌아가지 못하면 미국과 일본, 그리고 지나와의 금괴 거래에 문제가 생기는군. 일단 그것부터 정리해 놓고 와야 해."

10서클 마법사가 되었지만 만일을 생각하지 않을 수 없다. 하여 서둘러 인적이 드문 곳을 찾았다.

"트랜스퍼 디멘션!"

샤르르르르룽—!

현수의 신형이 스르르 사라진다. 마인트 제국에서 지구로 향한 첫 번째 차원이동 마법이 시전된 때문이다.

현수가 사라지고 얼마 지나지 않아 이곳을 두리번거리는 인영들이 있다.

"우마르! 찾았나?"

"여깁니다! 마나 유동의 근원지를 찾았습니다, 샤림!"

현수가 텔레포트한 자리를 찾아온 사내들은 포탈을 관리하는 마법사들이다.

트랜스퍼 디멘션은 최고위 마법이다.

엄청난 양의 마나가 소모되는 마법이기에 마나 유동을 완벽히 감출 수 없어 꼬리를 잡힌 것이다.

"모두들 흩어져 주변을 샅샅이 뒤진다! 실시!"

"실시!"

샤림이라 불린 사내의 명이 떨어지자 다섯 명의 마법사와 200명의 병사들이 사방으로 흩어지며 수색 작업을 한다.

결코 평범한 움직임이 아니다. 한국으로 치면 육군 2사단 노도부대 수색대원 수준이다.

* * *

킨샤사 저택 옥상에 나타난 현수는 의복부터 갈아입었다. 그리곤 곧장 서재로 내려갔다. 연희는 잠들어 있을 것이다.

컴퓨터를 부팅시키곤 편지를 작성했다. 모두 네 통이다.

하나는 게리 론슨에게, 다른 하나는 왕리한에게, 그리고 나머지는 가와시마 야메히토와 민주영에게 보낼 것이다.

가장 먼저 게리 론스에게 편지를 썼다.

친애하는 미스터 론슨에게.

인도받은 것은 무사히 잘 가져갔는지요?

추가로 체결한 구매 건의 일정을 맞추기 위해 당분간 금광을 비울 수 없을 것 같습니다.

저는 인도하기로 한 금괴를 약속된 날, 약속된 장소에 준비시

키도록 하겠습니다.

제가 없더라도 알아서 가져가십시오.

매번 성분 조사를 하여도 좋으며, 수량이 확인되면 인수했다는 확인서를 unbie@naver.com으로 보내주십시오.

아울러 구매 대금은 전에 논의된 대로 분산 송금을 당부드립니다. 좋은 날 또 뵙기를 바라며 이만 줄입니다.

이실리프 그룹 회장 김현수.

추신) 추가 구매에 대한 감사의 뜻으로 조촐하나마 선물을 보내고자 합니다. 귀하의 계좌번호를 알려주시길 바랍니다.

왕리한과 가와시마 야메히토에게 보낼 편지도 작성했다.

몽땅 선금으로 받기로 했으므로 송금하라는 것을 뺀 나머지 내용은 비슷하다.

날이 밝으면 전화를 걸어 주소나 이메일 주소를 물어 보내면 된다.

민주영에게 보낼 것은 어느 계좌로 얼마의 돈이 입금될 것이니 각각의 자치령 개발 자금으로 사용하라는 내용이다.

편지 작성을 마친 현수는 게리 론슨 등에게 금광이라고 소개한 동굴로 이동했다.

먼저 팔레트를 꺼내고 그 위에 정해진 날짜와 시간, 정해진

장소로 보내는 마법진을 그렸다.

현수가 창안한 인터벌 텔레포트(Interval teleport) 마법이라는 것이다. 사랑하는 아내들의 생일선물을 정해진 날짜에 보내기 위해 만든 것인데 유용하게 쓰일 모양이다.

『전능의 팔찌』 46권에 계속…

The Record of Dragon's Return

재중 귀환록

푸른 하늘 장편 소설
FUSION FANTASTIC STORY

『현중 귀환록』, 『바벨의 탑』의
푸른 하늘 신작!
이계를 평정한 위대한 영웅이 돌아왔다!

어느 날 갑자기 찾아온 부모님의 죽음.
그리고 여동생과의 생이별.
모든 것을 감당하기에 재중은 너무 어렸다.
삶에 지쳐 모든 것을 포기할 때, 이계에서 찾아온 유혹.

"여동생을 찾을 힘을 주겠어요.
…대신 나를 도와주세요."

자랑스러운 오빠가 되기 위해!
행복한 삶을 위해!

위대한 영웅의
평범한(?) 현대 적응이 시작된다!

Book Publishing CHUNGEORAM

유행이 아닌 자유추구 -
WWW.chungeoram.com

용마검전

FANTASY FRONTIER SPIRIT

김재한 판타지 장편 소설

「폭염의 용제」, 「성운을 먹는 자」의 작가 김재한!
또다시 새로운 신화를 완성하다!

『용마검전』

사악한 용마족의 왕 아테인을 쓰러뜨리고
용마전쟁을 끝낸 용사 아젤!

그러나 그 대가로 받은 것은 죽음에 이르는 저주.
아젤은 저주를 풀기 위해 기나긴 잠에 빠져든다.

그로부터 220년 후…….

긴 잠에서 깨어난 아젤이 본 것은
인간과 용마족이 더불어 살아가는 새로운 세상이었다.

Book Publishing CHUNGEORAM

유행이 아닌 자유추구 -
WWW.chungeoram.com

한량 아버지를 뒷바라지하며
호시탐탐 가출을 꿈꾸던 궁외수.

어린 시절 이어진 인연은
그를 세상 밖으로 이끄는데……

"내가 정혼녀 하나 못 지킬 것처럼 보여?"

글자조차 모르는 까막눈이지만,
하늘이 내린 재능과 악마의 심장은
전 무림이 그를 주목하게 한다.

"이 시간 이후 당신에겐 위협 따윈 없는 거요."

무림에 무서운 놈이 나타났다!

Book Publishing CHUNGEORAM